找个地方挂月亮

一场寻家之旅，邂逅双向奔赴的感动

[美] 凯特·阿尔布斯 著　刘勇军 译

中信出版集团 | 北京

图书在版编目（CIP）数据

找个地方挂月亮 /（美）凯特·阿尔布斯著；刘勇军译 . -- 北京：中信出版社，2023.6

书名原文：A place to hang the moon

ISBN 978-7-5217-5472-8

Ⅰ. ①找… Ⅱ. ①凯… ②刘… Ⅲ. ①儿童小说－长篇小说－美国－现代 Ⅳ. ① I712.84

中国国家版本馆 CIP 数据核字（2023）第 069206 号

找个地方挂月亮

著　　者：［美］凯特·阿尔布斯
译　　者：刘勇军
出版发行：中信出版集团股份有限公司
　　　　　（北京市朝阳区东三环北路27号嘉铭中心　邮编　100020）
承 印 者：北京中科印刷有限公司

开　　本：880mm × 1230mm　1/32　　印　　张：9　　字　　数：180千字
版　　次：2023年6月第1版　　印　　次：2023年6月第1次印刷
京权图字：01-2023-0980
书　　号：ISBN 978-7-5217-5472-8
定　　价：37.00元

谨以此书献给卢克和奥利维亚……

他们可以把月亮挂起来。

第一章

葬礼招待会无趣极了，一点儿意思也没有，但十一岁的埃德蒙·皮尔斯尽力了。

他的心思都在糖霜面包上。有些面包已经变得软塌塌的，有些没了糖霜，是人们拿走旁边那块时碰掉的，还有很多从一开始就受到冷落，在制作时就没撒上糖霜，真是怪可怜的。埃德蒙毫不气馁，在一堆面包中挑了最顺眼的两块，往两边的裤袋里各塞一块，又抓了一把卡仕达酱曲奇，给这顿饭画上一个完美的句号。接着，他在人群中穿来穿去，总算找到了一把空椅子。他坐在椅子上，虽然身处这种场合，他还是感到很满足。他一向不太喜欢祖母，这反倒让他现在好过一些。

在房间的另一边，安娜·皮尔斯盘腿坐在一个转角柜和一张织锦长沙发之间的地板上。沙发上的人并没有注意到这个九岁的孩子蜷缩在带有涡卷装饰的沉重沙发扶手下面。安娜手里那本《随风而来的玛丽阿姨》快要看完了，她宁愿看书消磨时间，也不想与坐在长沙发上的陌生老妇人或其他客人打交道。和哥哥一样，安娜想方设法在葬礼招待会上自娱自乐。和哥哥一样，她对祖母的去世也并不感到悲伤。

三兄妹中的老大威廉·皮尔斯在人群间穿梭，边走边感谢大家前来参加葬礼。他刚才一直陪着耳朵不好使的牧师，很久都没脱开身。不管什么事，他都要重复说好几遍，才能让那位和蔼的牧师听懂，这耗费了很多时间。威廉很气，也很累。他一直保持笑容，嘴角都僵了。但是，葬礼招待会毕竟不是玩的地方，即便他不怎么想念祖母。

威廉在角落的橱柜旁瞥见了安娜的鞋尖。他微微一笑。这是他那天第一次发自内心的笑。他穿过房间，向坐在长沙发上的老妇人们点了点头，伸脚轻轻地碰了碰安娜的脚。她放下书，抬起头来，也对他笑了笑。

威廉蹲下来，挤进家具之间，紧挨着妹妹。那里的空间很窄，对一个十二岁的高个子少年来说一点儿也不舒服，可一个人要是非常爱自己的妹妹，就心甘情愿这么干。特别是这个人还没有父母，若是有父母在，看到自己的孩子不舒服，他们也会不舒服。

威廉盯着安娜手里的书，发现只余下寥寥几页没看。“看到最后一章了？”

安娜把发带当作书签夹在看到的位置，点了点头：“玛丽·波平斯走了，孩子们伤心极了。”

威廉把安娜拉到怀里。

“招待会快结束了吗？”她问。

“差不多了。”威廉扫视着人群，“大家已经开始陆续离开了，他们必须在灯火管制前赶回家。”

“埃德蒙在哪儿？”

威廉叹了口气：“我刚才见到他时，他正拿牧师开玩笑呢。”

安娜睁大了眼睛：“拿牧师开玩笑？”

“他站在牧师身后，想看看要喊多大声才能让牧师注意到他。”

“老天。”

“唉。我去找他。”威廉捏了捏安娜的肩膀，“你在这里别动，把书看完吧。”

安娜拉着哥哥的手：“我和你一起去。剩下的等今晚躺在床上再看吧。”

于是，兄妹二人开始在拥挤的房间里寻找他们的兄弟。这一找就找了很久，因为到处都有衣着光鲜的陌生人拦住他们不放，想要列举他们祖母的诸多优点。安娜发现自己一路上听到了不少新词，像是“原则性强”啦，“端庄”啦，“叫人敬畏”啦。她不太确定“叫人敬畏”是什么意思，听来像是“让人害怕”，这个词用来形容祖母再合适不过了。反正比“慈祥”更合适。

“谢谢您，先生。”她听见威廉说。他正与一个男人握手，那人穿着有金色纽扣的夹克，脸上并无一丝笑容。“您说得对，先生。她确实叫人敬畏，先生。”

威廉看见了坐在扶手椅上的埃德蒙，只见他把饼干碎抛向空中，再用嘴去接，可惜只接住了大部分。威廉从金纽扣男人身边走开，拉着安娜走了过去。兄妹二人来到埃德蒙跟前，就见一小块卡仕达酱曲奇从他的下巴上弹开，滚过地板，停在了一盏台灯的底座边。

威廉双手叉腰："你非要这样吗，埃德蒙？"

埃德蒙咧嘴一笑："只剩下无聊的饼干了。我总得找点儿有意思的事做。"

安娜盯着滚到台灯边的曲奇："我喜欢卡仕达酱曲奇。"即使没有发生战争，她也觉得这样的浪费实在可耻。而事实是，现在的确在打仗。

威廉皱着眉头瞧着埃德蒙的脚："埃德蒙，把鞋穿上。"

"为什么？"

"因为客人要走了。我们得去送他们。"

"我在我自己的家里，为什么非得穿鞋？"

"你就穿上吧……"威廉从地板上捡起弟弟的鞋子，"求你了，埃德蒙。"

埃德蒙咕哝了一声表示不满，但还是接过了鞋子。

在等埃德蒙系鞋带的当儿，孩子们听到了一些零星的谈话。

"你的布道真棒。"一个身着蓝色套装的女人对牧师说，还说了两遍。

“该死的德国人……”一个面色红润的人咕哝着朝门口走去。

“要是熏肉不限量供应就好了。”有个身材丰满的女士这样说，另一个身材更丰满的女士正帮她穿上夹克。

“孩子们怎么办呢？”

最后这句话是从餐厅里传出来的。

威廉、安娜和埃德蒙交换了一下眼色。她们听出这是他们的老管家柯林斯女士的声音。至于她后面说了什么，他们没听到，也不需要听。他们非常清楚，对如何安置他们这三个孩子的问题，没人能给出答案。

然而此刻，他们没时间细想可怕未知的未来了，因为有一只戴着戒指的大手落在了安娜的肩上。“孩子们，请节哀。你们的祖母是个尽善尽美的人，这你们肯定知道。”

“谢谢您，太太。”安娜说。安娜并不认识这个戴戒指的女人。她也不清楚“尽善尽美”是什么意思，听起来像是很美，只是这样形容祖母并不合适。她闻到女人身上有樟脑丸的气味，不过她没有说出来。

“是的，谢谢您。”威廉说着，突然诧异地往后一缩，因为他看见埃德蒙从口袋里——从口袋里！——掏出一个糖霜面包。接着，埃德蒙把整个面包全塞进了嘴里。

戴戒指的女人望着埃德蒙，等待他的回答。他嘴里塞满糖霜面包也许正好，因为这让他说起话来含含糊糊的。那女人厌恶地扬起眉毛，拂去了胸前翻领上的面包屑。她继续朝前门走去，喃喃地评价着这个世界和它即将变成什么样子。

“真够可以的，埃德。”威廉说。

埃德蒙把最后一点儿面包也咽了下去：“那个老女人真讨厌，你们都知道的。我们为什么要突然装得很喜欢她呢？”

“因为人们都这样？”安娜说。

“是的，但是为什么呢？”

安娜想了想，但没想出所以然来。老实说，她太饿了，什么也思考不了，见到埃德蒙把剩下的卡仕达酱曲奇都吃了，她还有点儿羡慕。她从自助餐里挑了一块手指三明治，轻轻咬了一口，心想是块饼干就好了。

最后一位客人也走了，大门关上，柯林斯女士走过来，叫他们三个去饭厅。在那里，她坐进一把椅子里。

“孩子们，还记得吧，你们祖母的律师恩格索尔先生明天一大早要到这儿来。”

威廉、埃德蒙和安娜都清楚，律师这次来是为了谈他们的未来。不知怎的，成年人说这个词的时候总是语气凝重。一想到前途茫茫，三兄妹都有些黯然。

现在是1940年6月，在这样一个时期，哪怕是最近没有沦为孤儿的儿童，也同样前途未定。去年秋天英国最怕希特勒干的事终于发生了，英国对德国宣了战。虽然到目前为止德国的炸弹还没有落到伦敦，但从无意中听到的大人们的谈话可知，那是早晚的事。

威廉坚定地淡淡一笑。埃德蒙盯着地板。安娜的鼻翼开始发红，她的眼泪就快涌出来了。“柯林斯女士，”她低声说，“你不能留下来陪着我们吗？”

“别傻了。”埃德蒙说，“她太老了。”

威廉的眉头皱了起来：“埃德。”

柯林斯女士把一只干瘪的手放在威廉的手上。“孩子们，我也很希望和你们在一起。不过，我都这把老骨头了，”她朝埃德蒙笑了笑，“恐怕再没有资格当一个母亲了。”

“但我们需要的不是真正的母亲，”安娜说，声音低得犹如一丝哀鸣，“我们只需要从寄宿学校放假回家后，有个人能照顾我们就行了。我们不会惹麻烦的。”她瞥了埃德蒙一眼，“真的，我们绝对不会麻烦你的。”

威廉很想叫妹妹别再说了，但事实是，他的愿望和她的完全一样。其实，关于他内心的渴望，诚实地说他希望得到更多：他希望柯林斯女士自愿做他们三个的妈妈；他希望她能阻止埃德蒙饭后偷吃糖果；他希望她能在睡前给安娜读故事，而且，既然给安娜读了，那就给他们三个都读吧；他希望她能给他们盖好被子，说一声“做个好梦”，再关上灯；他希望她能表扬他历史课考了第一名；他希望她用她那瘦骨嶙峋的胳膊搂着他，说一切都交给她，让他不必再担心。说实话，这些都是他长久以来的心愿。不过他很清楚，管家的工作只是清洁和打扫，不是盖被子和拥抱他们。

柯林斯女士把手伸进围裙的口袋，拿出一条十分干净的手帕。她轻轻地擦了擦鼻子，现在她的鼻子比安娜的还红。“恐怕没有办法了，孩子们。”她抓住威廉的手，“你们需要的是一个合格的监护人。”她抽了抽鼻子，结结巴巴地说，“虽然我不希望这样，但我……”她又抽了抽鼻子，“你们需要的，我给不了。”说完，她站起身来，以她那老骨头所能承受的最快速度，穿过门口回了她自己的房间。

三兄妹拖着沉重的脚步，走到楼上的儿童房，举行他们的紧急会议。

埃德蒙坐在靠窗的座位上，此刻这座位已经没意义了，灯火管制期间，窗帘拉得紧紧的，遮住了下面昏暗的伦敦街道的一切景色。他捡起一个橡皮球，向空中抛去，再把球接住。“我想刚才那些东西就是晚饭了。”他说。

威廉盘腿坐在地板上，翻着一本书。富有节奏的翻动声给人带来了安慰。“说真的，埃德蒙，”他说，“你还吃得下吗？”

埃德蒙耸耸肩：“威尔，你认为律师会说些什么呢？”

“我不知道。但愿柯林斯女士能留下来，直到我们九月开学。至于那以后……也许祖母提前为我们做了安排呢。”

“我敢肯定，想到我们，祖母只会觉得讨厌而已。”

“埃德。”

埃德蒙只犹豫了一会儿：“反正她就是这么认为的。”

威廉叹了口气。“我知道，但你也不必大声说出来。”他又开始翻书页，“也许爸爸妈妈为我们做了安排。”

安娜躺在儿童房的地毯上：“给我讲讲他们的事吧，威廉。”

威廉捏了捏她的脚踝：“妈妈总说她的孩子们很棒，能把月亮挂起来。”

“你说过很多遍了。”埃德蒙抱怨道，“我们早就知道了。”

“我知道你们知道，但这听起来很好。”威廉皱起了眉头。

“是的，但无论如何，请给我们讲讲别的事吧。”安娜恳求道。

三兄妹中只有威廉还记得父母。不过他的记忆很模糊，毕竟，父母去世的时候，他还不到五岁。他记得有一只手牵着他的手穿过后花园。他生病时，有一只冰凉的手掌抚摸他的额头。他还记得临睡前有人给他哼唱的催眠曲中的几个音符。几年前，凭着这些一闪而过的记忆，再加上许多他自己的想象，威廉开始为弟弟妹妹栩栩如生地描述父母，不过大部分是虚构的。安娜经常对威廉说：“给我讲讲他们。”埃德蒙从来不主动要他讲，可每次都仔细听着。有关挂月亮的记忆是真的还是威廉很久以前编造出来的，到了今天，又有什么关系呢。

威廉想了一会儿：“我还知道一个，是我刚想起来的。

在妈妈小时候，她的小手指被别人的旱冰鞋蹍过，断了。”

“是溜冰鞋断了，还是手指断了？”埃德蒙问道。

“手指！”

埃德蒙眯起眼睛：“你真记得她跟你说过这事？”

“是的。”

“一定很疼吧？”安娜说。

“肯定是的。”威廉同意道。

孩子们默默地坐了很久，琢磨着断了的手指和不确定的未来。最后，威廉站起来，他打起精神，鼓起了至少在表面看来很可信的信心。

“恩格索尔先生会为我们做安排的，一切都会好的。”

第二章

有些成年人拥有一种十分罕见的天赋，能把复杂的问题向孩子解释清楚。可以肯定地说，哈罗德·恩格索尔不是其中之一。他和柯林斯女士坐在客厅里的直背椅上。孩子们挤坐在对面的一张硬沙发上。

恩格索尔先生清了清嗓子：“孩子们，你们的处境既特殊又不稳定，我想，这不用说，你们也是知道的吧？”

这可不是他们希望听到的开场白。

“是的，先生。我的意思是……”威廉结结巴巴地说，“我的意思是，我们理解……我们的处境……不仅特殊……还很不稳定。”

“是的。好吧。你们三个无疑也知道，你们继承了一笔丰厚的遗产。”孩子们只是眨着眼睛瞧着他。“然而，对于你们急需得到的一样东西，这笔遗产并没有多大用处。你们需要的是一个能照顾你们直到成年的监护人。”他尴尬地笑了笑，“你们的祖母在遗嘱里没有指定这样一个监护人。”他停顿了一下，“这还真是个莫大的讽刺啊，不是吗？”

威廉伸手握住安娜的手，意识到她并不明白什么是讽刺。说实话，他也不确定自己是否明白，但他知道恩格索尔先生指的是什么。“他的意思是，我们有钱，但没人照顾我们。”

埃德蒙则在研究律师耳朵里边冒出来的一撮毛发。埃德蒙心想：他的头顶倒没头发，头皮还粗糙不平。

律师又清了清嗓子：“柯林斯女士同意暂时留下，直到有了其他安排，但是……我相信你们能够理解……她在这里服侍你们的祖母有四十多年了，况且她的工作也不是……嗯……再说了，她年纪大了……”他迟疑了一会儿，“她该退休了，也该回自己的地方，和家人团聚了。”

柯林斯女士用手帕擦了擦鼻子。

安娜还没准备好接受柯林斯女士离开：“不过，我们不需要一个真正的监护人。只要有个人能在学校放假期间照顾我们就行了。”

恩格索尔先生深深地看了他们三个一眼：“一个只在假期照顾你们的监护人，在我看来并不是很好的解决办法，你们说呢？”

孩子们也知道这话有道理。他们摇了摇头。

“因此，”恩格索尔先生继续说，“我认为现在是时候开始讨论其他的……怎么说呢，可以说是外部选择吧。”

安娜与威廉对视了一眼。“他说的是收养。”威廉解释说。接着，他看向律师：“对吗？”

“也许吧，”恩格索尔先生答，“不过，还是让我继续说下去吧。我担心，在现在这种情况下，找人收养你们是……一项很有挑战性的事。首先，我想你们三个更愿意待在一起吧？”

这个问题安娜听得很明白。一滴豆大的泪珠沿着她的脸颊滑落下来。

“这算什么问题？”埃德蒙大声吼叫道。

威廉浑身一僵。“是的，先生。”他深吸了一口气，“我们更愿意待在一起。”

柯林斯女士啜泣起来。

“当然。”恩格索尔先生说，“我很抱歉。我想说的是……”他摘下一尘不染的眼镜擦了起来。安娜爬到威廉的腿上，把自己泪湿的脸埋在他的衬衫里。埃德蒙的拳头紧握着。恩格索尔先生小心翼翼地继续往下说：“只是……要一户人家收养三个孩子，有些太多了，特别是现在还在打仗。很多家庭连自己孩子的安全都保证不了，更不用说照顾更多的孩子了。”律师把眼镜戴了回去，凑近看着拥在一起的三兄妹，“在这种情况下，我对你们三个有一个建议……”

威廉似乎看到老人的眼睛闪出光来。但不该这样的。现在不是眼中闪出光来的时候。

“我在想，”恩格索尔先生说，“在目前这种非常特殊的时期……战争会不会成为一个……机会？”

威廉还以为自己听错了：“机会？”

恩格索尔先生的手指在下巴下面交叉成尖顶状：“你们知道吧，最近在伦敦和全国其他……怎么说呢……全国其他危险地区，正在进行儿童撤离？”

孩子们点了点头。他们知道，去年九月宣战后，成千上万的儿童已经从伦敦撤离到了农村，这样一来，等到德国人轰炸伦敦时，他们便可以远离危险。

“我希望你们考虑一下，你们自己要不要也撤离。”恩格索尔先生继续说。

威廉皱起了眉头：“但是……我们在学校不是很安全吗，先生？”

律师逐一看着他们每一个人：“可能会很安全，威廉，但这并不能解决给你们找一个合格监护人的问题，我并不确定回学校对你们来说是最好的选择。”

不回学校了。这正合埃德蒙之意。

恩格索尔先生靠得更近了，他的声音现在几乎成了耳语：“如果……你们三个和伦敦其他的学生一起撤离呢？你们一起去乡下，在那里，对有幸收留你们的家庭来说，你们无疑会给他们留下非常好的印象，对吗？临时的收留，有没有可能发展成……永久的收养？”

威廉看了一眼埃德蒙，又看了一眼柯林斯女士。“您的意思是，”他斟酌着每个字，“我们应该撤离，并希望收留我们的人家愿意一直收养我们？”

恩格索尔先生向后靠去，双手交叉放在腿上：“正是如此。”

埃德蒙哼了一声：“好吧。这么说来……你要把我们送到荒郊野地去，在那里我们会恰好被好心的……农夫和他的妻子收留……而他们一辈子都在等待三个半大的孩子从天而降？”

恩格索尔先生叹了口气：“你这样说，听起来确实很荒谬。”不过，他不会这么快就败下阵来，“但是，难道一点儿可能也没有吗？你们将与其他将近二十五万孩子一样，所以，你们不是单独被送上火车，去寻找你们的命运。至少，撤离到乡下，你们有可能找到一个永久监护人。”他又清了清嗓子，“当然，你们需要谨慎行事。不管是你们祖母的事，还是遗产的事，你们都不能向任何人透露，至少在你们三个一致认为找到了合适的家之前，都不能说。我们不希望任何人占你们的便宜。”

威廉皱了皱鼻子：“所以……是要我们撒谎吗？”

“这个嘛，”恩格索尔先生说，一听威廉提到说谎，他显得有些内疚，“我不希望你们说谎，我只是要你们……不提起真相。也就是说，你们不必告诉任何人你们离开伦敦是因为祖母去世了……只说她是为了你们的安全才送你们走的。”

“这就是撒谎。”埃德蒙道。

律师苦笑了一下：“孩子们，这不是一个完美的计划。对此我很清楚。但是，在我能为你们找到的有限选择中，这个选择最有希望，反正在我的想象中是这样的。”

希望和想象。这个不苟言笑的老律师居然用了这样的字眼，真是太奇怪了。毕竟比起其他人，孩子在这两方面更具有非凡的能力。事实上，在缺乏爱心的祖母的照顾下长大，威廉、埃德蒙和安娜花了无数的时间想象一个真正的家是什么样子，并希望有一天他们也能拥有这样一个家。现在，在安静的客厅里，每个孩子都能从律师那无可否认的荒谬计划中想象出一丝微弱的希望。

“如果我们找不到合适的地方怎么办？”威廉问。他没有把心里真正想问的问题大声说出来：假如我们真的找到了合适的地方，但就算我们有遗产，他们也不想要我们呢？他不确定哪个问题更糟糕。

恩格索尔先生叹了口气：“走一步看一步吧。”

孩子们坐了很久，考虑着。

埃德蒙龇着牙做了个鬼脸：“肯定行不通的。”

然而，接下来的一周，三兄妹一直都在儿童房里收拾行李。恩格索尔先生早就联系了卫生部的一个同事，并做好了安排，等伦敦北区圣米迦勒小学的学生开始撤离，威廉、埃德蒙和安娜就和他们一起走。

在大多数情况下，伦敦的战时撤离都是通过学校来进行的。孩子们收拾好行李，和老师一起登上火车，被送到相对安全的农村。在那里，有意愿的陌生人聚集在教堂、学校、村庄的礼堂，甚至在剧院和牲畜市场，挑选撤离来的学生，将他们带回家照顾。等到伦敦恢复安全，孩子们再回到家人身边。

“这只箱子太小了。”安娜说，大声念着恩格索尔先生给他们的官方携带物品清单，“‘睡衣、手帕、毛巾、牙刷、梳子、结实的步行鞋……’很好，这些都装起来了。‘一个小家庭纪念品’。”

“别费那个事了。”埃德蒙说，“还可以省出一些空间。”

安娜没理他，继续往下读清单：“‘装学习材料的小袋子或背包……如果可能的话，再带一件外套……’”

“如果可能的话？”埃德蒙皱了皱鼻子。

“不是每个人都有外套的，埃德。”威廉心不在焉地说。埃德蒙不再收拾行李，暂停了一会儿，琢磨着这句话的意思。

“‘一本最喜欢的故事书’。”安娜继续读，“只能带一本吗？”她问。

这是个问题。要选出一本最喜欢的书似乎是不可能的事，就像在战时的大规模撤离中找到一个合适的家庭一样不可能。但情况就是这样。

安娜扫视着儿童房里的书架，从这里或那里拿下一本书，琢磨一会儿，又去找另一本。

带《天方夜谭》？

“太重了。”埃德蒙劝她，“我可不替你拿。”

带《彼得·潘》？书里都是无家可归的男孩在找妈妈。真是触到痛处了。

《海蒂》？唉。又是孤儿。

《小公主》。就带这本吧，安娜还没看过。她一页页地翻着，看到了一些话：温暖、善良、温和……没什么比愤怒更强大的了，除非你能控制住自己的怒火……穿着破衣烂衫的公主……安娜啪的一声合上封面，把书塞进了手提箱。

威廉选的书是由他两年前给自己布置的任务决定的。在十岁生日的时候，威廉暗暗决定从头到尾把《百科全书》读一遍，他没对任何人说过这个想法。当然了，这段时间以来他也看了别的书。老天，想想看年复一年只读《百科全书》是什么滋味吧，但他一直在坚持着这份探索。他刚刚开始看第四卷：词条从“大力神”到“斜体字”。他把书从书架上拿下来。在读完第四卷时，战争肯定已经结束了吧？

埃德蒙从最上面一层架子上拿起一本很旧的《基督山伯爵》，他见哥哥选了如此无趣的书，不禁感到十分惊讶。他用手中这本书的一角戳了戳威廉的肚子：“你愿意的话，可以借我的这本，当你意识到你刚才做了多么愚蠢的选择时。”

孩子们快收拾好的时候，柯林斯女士来找他们。她的眼圈红红的，走进儿童房时，她把手帕揣进口袋：“好了，孩子们……现在来检查一下手提箱，看看你们有没有忘记什么东西，好吗？”

“我的箱子都快合不上了。”埃德蒙回答，“就算有忘掉的东西，我也不知道该放在哪儿才好。”

“尽管如此……我们还是检查一下吧。”柯林斯女士打开埃德蒙的手提箱，只见里面放着一大堆糖果。有牛奶巧克力棒和果味软糖，“吉百利玫瑰”巧克力糖果和酒胶糖，甚至还有一卷帕尔马紫罗兰糖。管家的唇边浮现出一抹疲倦的微笑：“埃德蒙，亲爱的，最好在手提箱里装必需品，你说是不是？”

“这些都是必需品，柯林斯女士。要是乡下没有果味软糖怎么办？”

“嗯。这确实很可怕。不过，也许我们可以……稍微做一些调整呢？你不觉得到了冬天，比起果味软糖，你更需要一双额外的袜子吗？”

“我无法想象自己喜欢袜子多过果味软糖。”

“确实。好吧，我们来检查一下，要是所有的必需品都带上了，那多带一点儿糖果，想来也没什么害处。”柯林斯女士开始查看埃德蒙的手提箱，安娜和威廉则默默地考虑着是不是该溜到厨房，看看可以往自己的箱子里装些什么甜食。

柯林斯女士依次看完每个箱子，抬起头来：“你们带防毒面罩了吗？”孩子们犹豫了一会儿，谁也不知道自己的面罩在哪儿。早在去年九月份，英国全境就已经分发了防毒面罩。孩子们是在学校领到的，当时这东西看起来新奇得很。埃德蒙特别喜欢面罩能放大嘴巴发出的粗鲁声音。然而，时间一长，就连这个好玩儿之处也变得无聊起来，面罩也就被抛到脑后了。埃德蒙和威廉终于在卧室衣柜最上面的架子上找到了他们的面罩。而安娜的面罩则是在床下发现的。

行李收拾好了，柯林斯女士把孩子们召集在一起，递给每个人一张纸条，上面写着地址和电话号码。“好了，孩子们。把纸条放在行李箱里面。我会和我姐姐住在一起，就在沃特福德附近。”

“柯林斯女士，你为什么不撤离呢？”埃德蒙问，“你知道，他们不只安排儿童撤离，也管老人……”话说到一半，他猛地停了下来。这句话听起来比他想的还要粗鲁。

威廉叹了口气，可是柯林斯女士并不介意：“对我来说，去我姐姐家已经算是撤离了，埃德蒙。你们要联系我，告诉我你们的行踪，好吗？我会把你们的消息转给恩格索尔先生，不过他的地址和电话号码也给你们，你们留好了。要是你们有什么需要……”说到这里，老管家结巴起来，她在围裙口袋里翻出手帕，按在鼻尖上，“啊，孩子们……我很抱歉。”

威廉走到她身边：“没关系，柯林斯女士。我们知道，如果可能的话，你一定愿意继续和我们生活在一起。”安娜猛眨眼睛，把眼泪忍了回去。埃德蒙只是死死地盯着儿童房的地毯。他没有哭，这使他感到自豪。他永远也不会掉眼泪。

柯林斯女士把手放在威廉的肩上："你们知道，我多么希望自己能年轻二十五岁啊。"

她抽了抽鼻子，把手帕揣进口袋，挺起胸膛："好了……虽然我很同意埃德蒙对恩格索尔先生那个计划的评价……那确实有点儿牵强……但如果有哪三个孩子能让这个计划成真，就是你们三个了。"听到这里，孩子们不自然地微微一笑。"但要记住一点，不能对任何人说你们的事，除非你们三个一致认为时机已经成熟，可以把秘密告诉对方。明白了吗？"

埃德蒙露出一个怪异的微笑："所以，我们不可以这样介绍自己：'我们是皮尔斯三兄妹，我们希望你能马上收养我们……顺便说一句，我们有一笔钱，你收养了我们，钱就归你了？'"

柯林斯女士忧郁地笑了笑："确实，埃德蒙。我不建议这样说。"

第三章

第二天早上，恩格索尔先生七点就到了，他要驾车把三兄妹送到学校，他们将从那里出发。

柯林斯女士给他们每人一份午餐，让他们装在各自的帆布背包里。“有三明治、苹果……还有剩下的一点儿巧克力。”她说着，对埃德蒙微微一笑。她依次拥抱了每个孩子，在他们说再见的时候，她为安娜擦眼泪，又擦掉自己的眼泪。“好了，你们要守规矩。”她小声对埃德蒙说。埃德蒙闪身躲开，不让她用手掌抚平他额头翘起的一绺头发。

她拉着威廉，好一会儿都没有松开。“好好照顾他们。”她说。

威廉觉得有个硬硬的东西卡在喉咙里，他咽了口口水，但无济于事，有时候，喉咙深处堵着东西，就是这样的。“我会的。”他说。

孩子们穿着冬衣，肩上背着帆布背包，一只手提着行李箱，脖子上挂着防毒面具，向等候着的恩格索尔先生的汽车走去，看上去就像为喜马拉雅登山者背行李的夏尔巴人。

在和平时期，孩子们一直喜欢乘车在伦敦兜风。然而，今天早上，似乎有千斤重担压在他们心里，一路上谁也没有留意这座苏醒的城市。安娜坐在两个哥哥中间，紧紧捏着威廉的手指，把他的手指都捏得发白了。埃德蒙虽然从不承认，但他容易晕车，只盼着自己不必开口要求律师把车停在路边。于是，他只好死死盯着恩格索尔先生那油光锃亮的光秃头顶，好分散一下自己的注意力。

摄政公园在车窗外一闪而过，只能看到一片模糊的绿色。威廉看到了动物园的小牌子，马上就要离开伦敦了，他不知道自己还有没有机会去动物园逛逛。他心想，从来没去过动物园，真是太可惜了。他想起在什么地方读到过，大象和熊猫已经撤离了。就像我们一样，他想。

又开出几英里后，恩格索尔先生把三兄妹从睡梦中叫醒："到了，孩子们。"他把车停在一幢装着铁栅栏的大楼旁边。安娜、埃德蒙和威廉在后座上舒展了一下身体，从后备厢取出了行李。他们沿着栅栏往前走了一会儿，随即一个地面铺了砖石的操场映入眼帘，有七八十名学生在操场上漫无目的地乱转。

律师带着三兄妹从学生身边经过，走向一个拿着写字板的年轻女子。威廉注意到，她有一双给人亲切感的眼睛。恩格索尔先生向她打听哪一位是撤离行动负责人卡尔小姐。

这个面相和善的女士指了指侧门附近一位看起来很强硬的女人。"那位就是卡尔小姐。"她对恩格索尔先生笑了笑，在孩子们走向女负责人时，她还向他们眨了眨眼。女负责人正对着一个和安娜差不多大的男孩晃手指。

律师清了清嗓子：“是卡尔小姐吗？”

她转过身：“你是？”

“我是哈罗德·恩格索尔。我来送皮尔斯家的孩子们。”

女人犹豫了一下，方才点了点头。“啊，是的。有人告诉过我你们要来。”她上下打量着孩子们，“十二岁，十一岁，九岁，我记得没错吧？”

“没错，女士。”威廉答。

“请在这里等一下。你们需要做个检查。”

“检查什么？”埃德蒙问。他注意到，这个女人的衣服颜色和死水塘一样。值得赞扬的是，他并没有把这个想法大声说出来。

“虱子。”卡尔小姐答道。

安娜皱了皱鼻子。威廉后退了一步。

“我们没有虱子。”埃德蒙说。

在第一波撤离中，收容家庭就一直抱怨糟糕的卫生状况。如今官方备忘录已经下发，要求儿童在撤离前进行彻底检查。

朱迪思·卡尔不是会无视官方备忘录的人。她对埃德蒙抿嘴一笑：“那么，我们只要确定一下就行了，不是吗？”

埃德蒙望着恩格索尔先生，律师却只是扬了扬眉毛，露出一副无可奈何的表情。

值得庆幸的是，负责检查的正是刚才那位眼神亲切的女士。她微笑着向他们打招呼，介绍自己是沃伦太太。

“我们快点儿把这事做完，好吗？”她又眨了眨眼睛，用食指把安娜的头发从中间分开，弯下腰仔细看。安娜感觉受到了羞辱，双眼通红。

“你们三个不是这所学校的吧？”沃伦太太问。他们点了点头。“我想这一定不容易吧？你们一个人都不认识。”孩子们又默默点了点头。她朝威廉走去。

“不过，现在你们有认识的人了。”这话说得体贴入微，温暖了孩子们的心。

“您也一起撤离吗？”威廉问道。

“是的。”她答，随即转向埃德蒙。埃德蒙咬紧牙关，顺从地低下头。“我是一名教师，有责任协助撤离。我的丈夫在外面打仗，所以也没怎么觉得有离开家的感觉。”

沃伦太太点点头，表示他们的头上没有问题。“好了……如果你们三个在路上需要什么，尽管来找我。”她挥了挥手，便转身去了操场的另一边。

恩格索尔先生利用这个机会嘱咐了三兄妹几句：“那么，孩子们，你们一定要慎重，不要轻易将你们的情况说出去。”

到现在，安娜已经放弃了，不再试着理解律师的话。“慎重”是什么意思呢？她怎么也想不出来。对她来说，听到威廉说他们明白，一定会慎重行事，就足够了。

这时，卡尔小姐又出现了，把签牌交给孩子们。每个签牌的中间都有一个大大的黑色数字，下面用铅笔写着孩子们的名字。“带上这个，请系在衬衫的扣子上。我们不太可能分开，但无论如何都不能把签牌摘下来。我们不可以让任何人走散，对吗？”她浏览着写字板上的文件，“小姐，”她对安娜说，“你去操场那边，和那里的学生一队。”她转向埃德蒙，“小伙子，我想你十一岁吧？你去后面的角落找你的小组。”

埃德蒙抬头看着她：“我们要待在一起。”他不是故意挑衅，但这话听起来就是如此。

卡尔小姐放下写字板，盯着他。“大家都要按照年龄分组。”她回答说，“至于你的小组……”她向威廉做了个手势，“在操场后面。”

埃德蒙双臂抱怀。“我们要待在一起。”他重复道。这一次，他确实是故意挑衅。

恩格索尔先生介入了，这让孩子们松了一口气。“卡尔小姐，我明白组织的重要性。然而，我确实和我的同事谈过皮尔斯家三个孩子的特殊情况。考虑到你们学校对他们并不了解，我认为让他们待在一起，对大家都好。”

卡尔小姐的目光从埃德蒙转向律师。校园另一边的骚动引起了她的注意。“好吧。”她说，“那么，我们就……调整一下，好吗？”她噘起了嘴，“你们在这里等一会儿，我得去照顾一下其他学生。”她去照顾一群比较小的学生了，其中两个正在哭鼻子。

恩格索尔先生长吁出一口气：“我想就是这样了吧。”

“谢谢您，先生。”威廉说。

恩格索尔先生的脸红了。他摘下眼镜，用手帕擦了擦。“祝你们三个一切顺利。”他说，“请放心，如果你们需要任何帮助，都可以与我联系。都记得我们讨论过的事吧？还有，一定要照顾好自己。”他向威廉伸出一只手，威廉紧紧地握了握。“现在，全力以赴吧。”

说完，他就走了。

威廉转向弟弟妹妹。埃德蒙盯着地面，正在把一根脚趾伸到操场路面上宽大的石块之间。安娜用牙齿咬住下唇，竭力忍住不哭出来。威廉握住她的手。

“这是一次绝妙的冒险，是不是？”他强挤出轻松的语气，但任何人都看得出来，他既不认为他们的处境有何绝妙之处，也不觉得这是冒险。

“那个女人太可怕了。”安娜说，声音有些嘶哑。

威廉知道事实确实如此。“是的。”他承认道，“也许我们应该把她当成一个大反派，我们要在冒险中打败她，对吗？”

“没错。”埃德蒙说。可这并不是他真实的想法。

伦敦学生大撤离被一些人称为魔笛手[1]行动。毫无疑问，无论是谁第一个提出了这种说法，描绘的都是孩子们随着心爱的吹笛人的笛声翻越苍翠山峦的情形。然而，和三兄妹一样看过这个传说的人可能会想起，在最初的故事中，吹笛人带走了哈梅林市的孩子，其实是为了惩罚市民不讲信用、没有支付他捕鼠的报酬。这会儿，三兄妹来到撤离长队的末尾，慢慢地走向国王十字车站，悬着的心并没有因为知道这个故事而有一丝半点的缓解。

他们默默地走了好几个街区，经过了陌生的店面，还穿过了一个点缀着开花灌木的小公园。清晨的阳光穿透了圣潘克拉斯教堂的彩色玻璃，发出耀眼的光芒。

就在这时，威廉感觉到有人在盯着他。前面是一个瘦高的女孩，扎着长辫子。她走着走着突然停了下来，显然在等皮尔斯三兄妹追上她。

女孩对威廉说："你们不是圣米迦勒学校的吧？"

"不是。"威廉说。

女孩笑了笑，把行李箱换到了左手："我是弗朗西丝。"

我想她是要我和她握手，威廉心想。由于某种他也说不

① 传说中，德国一个城市遭遇鼠患，吹笛人声称只要得到报酬，就能用笛声把老鼠引入河中。消除鼠患后，市民拒绝支付报酬，吹笛人为了报复，便吹起笛子，把这座城市里的孩子带走了。——译者注

清的原因，他的脸颊开始发烫。

埃德蒙咧嘴一笑，似乎乐于看到哥哥对这种关注显得很不自在。“我是埃德蒙·皮尔斯。”他伸出手说，“这是我妹妹安娜，那是我哥哥威廉。”

弗朗西丝握了握埃德蒙的手，瞥了安娜一眼，又把目光转向了威廉：“很高兴认识你，威廉。”

埃德蒙强忍住没有笑出来：“我哥哥有点儿腼腆，弗朗西丝。别往心里去。”

威廉真想狠狠踩埃德蒙的脚。

“你们怎么会和圣米迦勒学校一起撤离？”弗朗西丝问。

“我们的祖母……嗯……是她安排的。”埃德蒙说。

弗朗西丝点点头，好像这就解释了一切：“原来如此。”她的目光停留在威廉身上。“嗯，”她说，“见到你非常高兴。”

“我也是。”威廉说。他的声调比平时高了一些。

“是的，很高兴见到你，弗朗西丝。”埃德蒙插话道。

弗朗西丝看到卡尔小姐在检查队伍，就说了再见，匆匆回到了她的小组。

威廉用手提箱撞了一下埃德蒙的腿后面，并且很高兴看到弟弟的膝盖被撞得一弯。

到达繁忙的车站时，三兄妹已经疲惫不堪了。对于六月而言，这是一个异常温暖的早晨，而为了尽可能多带衣服，大多数孩子都穿了好几层。威廉提着他自己和安娜的手提箱，这会儿，他从口袋里掏出一块手帕擦脖子上的汗。

埃德蒙放下手提箱，伸了伸手指：“我的脚都疼了。”

威廉并不同情他：“每个人的脚都很疼，埃德，别抱怨。”

“很好。”卡尔小姐高声道，带着学生们向三号站台走去，“一定要和自己的小组在一起。”她沿着撤离队伍喊道，不时看一眼写字板，带领孩子们前往等待着的列车。

她的目光落在威廉、埃德蒙和安娜身上，向他们大步走过来，不高的鞋跟嗒嗒响着。“各位殿下，你们不会要求单独坐一节车厢吧？”

威廉吞了吞口水：“不，女士。哪里有位置，我们就去哪里。谢谢……我是说，谢谢您……谢谢您对我们的照顾。”

卡尔小姐看了看花名册，看了看火车，又看了看孩子们：“最后一节车厢，最后一个隔间，你们三个一起去。”

事实证明，三兄妹确实有了一间独属于他们的隔间。不管这是不是偶然，他们都很高兴能和熟悉的家人一起前往乡下，尽管他们这个家已经不完整了。他们脱下冬衣，顿时轻松了很多。接着，他们扫视着车厢。

“坐那边吧，埃德。”威廉说，“火车要往这边开，假如你倒着坐，很可能晕车。”

“我不会晕车。”埃德蒙说着瘫倒在朝后的座位上。

威廉耸耸肩：“随便你。”他从箱子里拿出自己的书，又从埃德蒙和安娜的箱子里拿出他们的，才把行李放在隔间窗户上方的架子上。然而，没有一个孩子打开书。通常情况下，在极度焦虑的时候，人们最不可能把注意力集中在阅读上，虽然在这种时候人们应该会喜欢可以分散注意力的好故事。皮尔斯家的三兄妹就是如此。这会儿，他们心情紧张，便只是默默地坐着，等火车开动。

走廊里传来一阵轻快的敲门声，是沃伦太太来了。她推开了隔间门。“你们好，孩子们。我来给你们送明信片。一到目的地，你们就寄回家给家人……让他们知道你们的暂住处在哪里。”

“暂住处？”安娜问。

“就是你们暂时居住的地方。”沃伦太太解释说，“也就是暂时的家，你们要在那里住到战争结束。”

威廉接过她递来的卡片：“非常感谢。”

“不客气。”沃伦太太对孩子们笑了笑。就在此时，火车突然动了一下。“啊！火车启动了！我和你们隔了两个车厢，沿着过道就到。有事尽管来找我。”她用力关上了门。

孩子们走到窗前，安娜坐在威廉的腿上，额头贴着玻璃。灯火通明的站台很快就消失了，他们进入了一条隧道，四周黑得如同没有星星的午夜。不过，黑暗并没有持续多久，过了一会儿，他们就来到了国王十字车站外杂乱无章的铁轨上，周围还有很多备用车厢。火车加快了速度，飞快地从火车站附近那些相当破旧的设施后方经过。

二十分钟后，青灰色的伦敦被甩在了后面。一片片的绿色出现了，就像从窝里冒出来的兔子一样，起初迅速掠过窗外，数量也不多，接着，像是鼓足了勇气一般，绿色开始大量涌现。英格兰的雨水虽然臭名昭著，却孕育出了最奇特的绿色植物。黄绿色的嫩草和紫绿色的帚石楠交织在一起，向远处翠绿的山丘延伸。孩子们有些心不在焉地望着外面的风景，满脑子想的都是过了这片不断移动的绿色田野，会有一个什么样的广阔而未知的世界。

安娜从威廉的膝上挪开，拿起《小公主》，准备暂时抛开内心的愁云惨雾。她怀着崇敬的心情打开书，小心翼翼地防止把书脊折裂。一本新书的第一句话总是深富吸引力的，就像刚从烤箱里拿出来的尚未冷掉的饼干，品尝一口，那滋味叫人回味无穷。安娜沉浸在书中的世界里。

在一个阴暗的冬日，浓重的黄色雾气笼罩着伦敦的街头。一盏盏灯亮了起来，商店橱窗里点起了晚上才点的煤气灯。一个长相古怪的小女孩和父亲坐在一辆出租马车里……

没错，安娜心想，比起漂亮的小女孩，我更喜欢长相古怪的女孩，她们通常有趣得多。

威廉仍然心烦意乱，无心读书，便闭上眼睛，任由思绪飘来飘去。作为三兄妹的临时监护人，他不可避免地想到了最悲观的问题：如果我们分开了呢？如果收留我们的是坏人呢？如果收留我们的人心地善良，可埃德蒙净捣蛋，把事情搞砸了呢？不过，随着时间的推移，摇晃的火车占了上风，他进入了断断续续的睡眠中。

埃德蒙感到一阵恶心，但他不想承认。和安娜一样，他也拿起了书。他看过《基督山伯爵》，很喜欢埃德蒙·唐泰斯，那是饱受压迫的男孩们心目中的大英雄。他很开心自己的名字和唐泰斯的名字很相似①。就像威廉说的那样，对容易晕车的人来说，倒着坐火车并不明智，但埃德蒙沉浸在故事里，不愿屈服于敏感的胃，不愿证明哥哥说得对。

他勉强撑了三十分钟左右，在翻到第十五页时就合上了书，他的胃在翻腾。他闭上眼睛，咽了口唾沫。他想睡觉，但睡不着。纵使如此，他也绝不会考虑换座位。

固执有时能让人受益，但不是现在这样的时候。

离开伦敦将近两个小时后，火车开始减速。安娜从书中抬起头，向窗外望去。她把威廉摇醒。

“到了吗？”威廉问道。

安娜耸耸肩：“这里离伦敦似乎还不够远，不值得这么

---

① 埃德蒙·皮尔斯名为Edmund，而埃德蒙·唐泰斯名为Edmond，二者非常相似，中文译名都为“埃德蒙”。——译者注

麻烦。”

隔间的门打开了，面容和善的沃伦太太出现在门口：“还没到，孩子们。有需要的话，你们可以趁这会儿工夫伸伸腿，方便一下。”

埃德蒙的胃一阵绞痛。他非常需要方便一下。然而，当撤离学生走下火车，走向站台远端一个狭窄的厕所时，他看了看排队的人，发现自己要等好一会儿。他的胃翻腾得厉害。想到自己要当着所有人的面，尤其是当着哥哥的面呕吐，他心里便充满了恐惧。他的脸色变得十分苍白，大口吸着新鲜空气，希望自己不会出丑。可没过几分钟，情况就变得明朗了，他的胃已经下定决心要让他难堪。于是，他连忙走下站台，来到火车站旁边布满岩石的山坡上，想找个没人的地方。

威廉郁闷地看着他：“埃德蒙！你去哪里？”

埃德蒙一心想着自己的事，并没有回应。离车站最近的树木太细，根本不能掩人耳目，石头也不够大，无法让他藏在后面。他继续往山上走。那股酸酸的味道此刻已经冲到了他的喉咙顶端，他的前额又冷又湿，眼睛湿润，所以他没有注意到一段突出的树根，结果冷不防被绊了一跤，整个人跪倒在地。

他再也撑不住，哇哇大吐了起来。

剧烈的呕吐从来都不是一件愉快的事，但吐出来后，确实能感觉舒服一点儿。埃德蒙仍旧跪在斜坡上，大口喘着粗气。确定折磨结束了，他抹了一下嘴，缓缓地站了起来。他掸去裤腿上的污垢，发现有一条裤腿破了，磨损的破洞边有一圈越来越深的红色，那是膝盖处渗出的血染红的。埃德蒙叹了口气，往回朝站台走去。

似乎没有孩子注意到山坡上的事，当然，安娜和威廉除外，他们惊恐地看到了一切。威廉注意到埃德蒙的衬衫上粘着呕吐物，裤子磨破了。他能感觉到弟弟觉得丢脸了："你没事吧？"

埃德蒙没有时间回答。他的归来显然没有逃过卡尔小姐的注意，她迅速走近他们，眼睛里闪动着怒火。

"谁允许你离开站台的？"

埃德蒙既没看她，也没回答。一阵紧绷的沉默袭来，最后，一个令人愉快的声音打破了沉默。

"是我让他去的，朱迪思。"沃伦太太说，"这孩子只是需要舒展一下身体。"她对埃德蒙笑了笑。假如埃德蒙是那种喜欢拥抱的人，他真想拥抱她一下。

卡尔小姐俯下身来，注意到埃德蒙的裤子磨破了，身上明显散发出呕吐物的臭味，她皱起了鼻子。"再过几个小时，你们就得排着队站在挤满了人的大厅里，他们看中谁，就会把谁带回家。"她目不转睛地盯着埃德蒙低垂的头顶，"你们最好记住，找一个愿意接收三个孩子的寄宿家庭是个很大的难题，即便对不那么邋遢的撤离学生来说也是如此。"

埃德蒙的膝盖一阵刺痛，热泪眼瞅着就要夺眶而出，但他忍住了，期盼着这一刻赶快结束。

终于，紧张的时刻过去了。卡尔小姐气呼呼地转过身，领着学生们返回车厢。

埃德蒙看着沃伦太太。“谢谢您。”他低声说。

“很高兴能帮上忙。”沃伦太太答，“卡尔小姐这人呀，有时有点儿冷酷无情。最好还是听她的，你懂我的意思吧？”

埃德蒙点点头。

“最好还是朝前坐，你说呢？”她朝埃德蒙眨了眨眼睛。埃德蒙和安娜、威廉一起回到了火车上，一言不发地在面向顺行方向的座位上坐了下来。

第四章

除了三兄妹越来越焦虑外，余下的旅程平安无事地过去了。他们睡着了，睡十分钟，醒一会儿，再睡二十分钟，再醒一会儿，脑袋歪向很不舒服的角度。安娜和威廉吃了柯林斯女士打包的午餐。埃德蒙觉得最好还是不去招惹自己的胃。

到了下午三点左右，火车又开始减速了。孩子们向窗外望去，远处一座教堂的尖顶直插云霄。几座农舍出现在视野里，接着，农舍越来越多。现在，火车彻底停了下来。三个人你看我，我看你，默默地达成了一个共识：一定是目的地到了。

卡尔小姐、沃伦太太和另外两名老师将撤离学生带到车站外的草地上。一些较小的孩子被大一点儿的学生抱在怀里，在他们的肩膀上呼呼睡着。还有几个孩子看起来也很想被人抱着睡觉。

埃德蒙终于踩上了稳定的地面，从山坡插曲中恢复了过来，这会儿，他的肚子饿得咕咕直叫。他拿出柯林斯女士给他装的巧克力，突然注意到一个小男孩抬头望着他，两只眼睛睁得大大的。埃德蒙留意到男孩穿着打补丁的上衣，双眼深陷，由于一直在流鼻涕，上唇上方的皮肤变得发红皴裂。他仿佛看到饥饿在一个人身上没完没了地挖出了一个深坑。十一岁的埃德蒙虽然不太可能说得这么文绉绉的，但他还是看清了小男孩的情况。他看了看小男孩，又看了看自己掌心里微微融化的巧克力。它是如此诱人，只要把它放进嘴里，就能尝到美妙的滋味。然而，埃德蒙把那块珍贵的定量供给的巧克力递给了小男孩。小男孩一把抓过巧克力吞了下去，像是都没有咀嚼过。埃德蒙突然觉得很不自在，只得端详着自己裤子上的破洞。

卡尔小姐站在车站的台阶上。“孩子们！”她拍手示意大家注意，“到目前为止，大家一路上表现得很好，值得表扬。我们现在去村务大厅，那里为你们准备了茶点，你们可以一边吃，一边等寄宿家庭。请保持队形，跟我来！”她走了起来，不时回头看看有没有人掉队。

最后一段旅程充满挑战。汗津津的手握着沉重的手提箱，直打滑。一个可怜的孩子还挡住了整个队伍。她的箱子裂开了，里面的东西散落在地上。那其实不是箱子，而是用麻绳绑在一起的沙发靠垫套。一名老师急忙帮她捡起物品，把她的包袱重新捆好。

安娜、埃德蒙和威廉走在队伍的最后面。

“接下来会怎么样呢？”埃德蒙问哥哥。

威廉耸耸肩：“我不知道。趁现在还没到，把你的衬衫塞好。”

他们可以看到队伍最前面的学生正穿过一座大楼的双扇前门，建筑上挂着手写的横幅：欢迎撤离学生到来。等三兄妹走到门口时，他们看到学生们围在一张长桌旁，桌上摆满了饼干、水果和牛奶。吃了埃德蒙巧克力的小男孩正在往口袋里装食物。一名老师用手轻轻地拍了一下小男孩的肩膀，制止了这一行为。

大厅里还有其他人，三兄妹猜测他们是寄宿家庭的人。大多数是妇女，因为许多男人都应招去参战了。一些成年人带着自己的孩子。有些人年纪很大了。大多数人看起来都很和善。

威廉一边给他们三个倒牛奶，一边看着卡尔小姐上了台阶，走到大厅尽头的舞台上。她身边有个端庄的穿着孔雀蓝色套装的女人。

孔雀女士走到一个小讲台边，她只是站在那里，还未开口，四周就安静了下来。“大家下午好，”她说，“我是诺顿太太，妇女志愿服务队的主席，也是你们的住宿管理员。”几个人鼓起掌来，接着才意识到并无这个必要。“各位向撤离学生敞开自己的家门，你们是在尽自己的一份力，我代表整个英国……感谢你们！”她亲自为在场的成年人鼓掌，然后清了清嗓子，“我们妇女志愿服务队深知这是一项艰巨的任务，因而，我们一定会为各位提供帮助。现在虽然是六月，撤离学生上午仍将在乡村学校上课，如此一来，也可缓解寄宿家庭的一些……怎么说呢……也可缓解一些负担吧。”

撤离学生们发出一阵呻吟声，尤其是埃德蒙。战争的确干扰了很多事，但是，暑假也没有了吗？这似乎有点儿过头了。安娜认为暑假还上学听起来并没有那么糟糕，但她非常介意成为别人口中的“负担”。

诺顿太太等大家安静下来才继续开口：“此外，每天放学后我们将向撤离学生提供午餐。”她瞥了卡尔小姐一眼，“好了，孩子们。请放心，我和你们的老师会为所有人找到合适的寄宿家庭。为此，我向大家介绍朱迪思·卡尔小姐，她将在这里主持事宜。”

卡尔小姐在讲台上站定。她的声音很尖，也许是因为她想让所有人都听到，也许是因为她天生就是尖嗓子。“孩子们！请在大厅边缘站成一排，最小的站在舞台前面，年龄大的往后站。如果是一家的兄弟姐妹，”她瞥了一眼皮尔斯三兄妹，“暂时可以站在一起。”

与此同时，大厅里的成年人开始端详撤离学生。

这可太古怪了，也太可怕了。孩子们想知道选择的标准是什么。年龄大小？干不干净？红头发算是有利条件吗？埃德蒙想，没人愿意接收一个身上散发着呕吐物气味的男孩。他、威廉和安娜站在队伍的末尾，看着他们的旅伴接受大人的打量、评价，或者被接受，或者被拒绝。

安娜觉得第一个走过的女人看起来相当严厉。当那位女士没有多看第二眼就走了过去后，她着实松了一口气。

接下来是一对年纪较大的夫妇，两人面容温和，布满皱纹。一丝希望在安娜心底升起。

女人对她笑了笑："你好，亲爱的。就你一个人吗？"

安娜的声音有点儿颤抖："不是的，太太。我和我的哥哥们在一起。"

"噢。"女人温柔地看着孩子们，"恐怕房间只够一个人住。不过你这么可爱，一定会找到一个很好的家庭的。"她用手指摸了摸安娜的下巴。

安娜勉强笑了笑："谢谢，太太。"

三兄妹一次又一次地被放弃了。"我妻子希望接收小一点儿的孩子。"一个男人道。"什么，要接收你们三个人？"另一个人问道，仿佛这种想法本身就极为荒谬。埃德蒙发现，这会儿连那个浑身脏兮兮、吃了他的巧克力的小男孩也不见了……他希望选中小男孩的是一位好心的女士，恰好开了一家糖果店或面包店。

后面又来了一对夫妇，他们身后跟着两个大男孩。丈夫很胖，脸颊红润。妻子身材瘦小，穿着一条精心设计的花纹连衣裙。她似乎急于做出选择，眼睛扫视着一个又一个撤离学生。

她一看到安娜，眼睛就亮了起来。"真是个可爱的小姑娘！"女人温和地笑了笑。不过安娜注意到她的嘴唇上涂了粉色的唇膏，有些刺眼。“我一直想要个小女儿呢。”女人道，“可惜我家里只有男孩！”

安娜犹豫了一下：“我和我的哥哥们在一起。”她指了指埃德蒙和威廉，他们尽量表现出正派的样子。

女人的笑容暗淡了一点儿。“是这样啊。”她说，看了看两个男孩，目光又回到安娜身上，“那么，你不会考虑独自一人和我们一起住了？”

“不，太太。”安娜倒吸了口气，“对不起，太太。”埃德蒙和威廉很不自在地把身体重心换到另一只脚上。

女人转向面色红润的男人：“也许这两个男孩会是很好的玩伴？”

男人看着自己的儿子，他们像父亲一样胖。两人都移开了目光。男人见状，露出一抹疲倦的微笑：“孩子们，你们多大了？”

“我十二岁，我弟弟十一岁，我妹妹九岁。”威廉回答说。

男人转向妻子，眉头皱得更深了：“他们睡在哪儿呢？”

女人的脸上露出喜色：“我们有一间空房间，可以给小姑娘住……你叫什么名字，宝贝？”

安娜回答了，还介绍了威廉和埃德蒙，心想他们现在一定觉得自己像自行车上的第三只轮子——有点儿多余。

“阁楼上有几张床垫。”女人继续说，“男孩子们可以睡在一起，不是吗？就像你妹妹一家从卡迪夫来时一样。”

男人转向两个儿子：“你们觉得怎么样，孩子们？”

两人都只是耸耸肩。男人无可奈何地叹了口气。

女人似乎把这当成是同意的姿态。她握着安娜的手，脸上带着热切的微笑：“我叫奈莉·弗雷斯特，这是我的丈夫皮特，他们是我们的双胞胎儿子西蒙和杰克。”她捏了捏安娜的手指，“我们一定会很开心的，是不是？”

安娜看着哥哥们，几乎无法呼吸，这一刻似乎太重要了。这就是恩格索尔先生为他们设想的家庭吗？更重要的是，这就是他们为自己设想的家庭吗？孩子们环视着越来越少的人群，达成了一个不言而喻的共识：似乎没有别的选择了。

“谢谢您，太太……先生……弗雷斯特先生和太太。”威廉说，“我们非常感激你们对我们三个的帮助。”

“叫我们奈莉阿姨和皮特叔叔吧。”女人又捏了一下安娜的手指。“我们一定会很开心的。”她又说。

三兄妹尽量带着最灿烂的笑容，拎起了自己的行李。

步行回家要走上一英里。一路上，弗雷斯特家的三个男人几乎一言不发，但弗雷斯特太太说个不停，弥补了他们的沉默。她指给三兄妹看村里的学校，也就是他们上午要去上课的地方，她还指出了教堂、杂货店、报刊亭，以及一家叫“鼻涕虫和卷心菜”的小酒馆。

但这些地方不过是一片模糊的风景。孩子们的脚疼得厉害，威廉依然提着他自己和安娜的手提箱，他感到手掌上起了水泡。三个人都渴望这段旅程快点儿结束。

他们进入居民区，穿城镇而过的主路蜿蜒着向山上延伸。他们过了一条绿树成荫的小巷，又往山上走过另一条小街，终于来到了一幢看上去很舒适的都铎式住宅，花园里种满了整齐的玫瑰和香豌豆，还有淡蓝色的绣球花和艳粉色的杜鹃花。西蒙和杰克拔掉门闩，无礼地率先进了屋。等弗雷斯特先生催促其他人从前门进屋时，已经不见他们两个的身影了。

“到了！”弗雷斯特太太喊道。她把他们领到一个小门厅里，墙上挂着他们一家的镶框照片。埃德蒙心想，照片里的人看上去都很呆板。

左边是一间客厅，里面摆放着簇绒椅。安娜注意到里面没有书架。她心想，书架并不是优秀父母的必要条件。

右边是一间整洁的餐厅。埃德蒙注意到从餐厅另一边的厨房飘来了香喷喷的气味。这真是太鼓舞人心了。

“要不要把行李放好？”弗雷斯特太太问。孩子们点了点头。“我带安娜去她的房间，至于男孩子们，就由皮特叔叔领路吧。”

她提起安娜的手提箱，领她走向房子后面的一段楼梯。弗雷斯特先生则带着埃德蒙和威廉跟在后面，他们的箱子撞在楼梯上砰砰直响。

在楼梯顶端分手时，安娜偷偷地看了哥哥们一眼。她跟着弗雷斯特太太，后者打开了走廊尽头的一扇门。

“希望你喜欢这里，宝贝。”她打开一盏灯。

安娜向里张望。“我很喜欢，太太。”她答，“非常漂亮。”

“太好了。”弗雷斯特太太松了一口气，“我真希望你能在这儿过得舒舒服服的，宝贝。我一直想要一个像你这样的小女儿。”

“谢谢您，弗雷斯特太太……嗯……奈莉阿姨。”安娜不确定自己是否喜欢被人称为“宝贝”，但她并没有与母亲一起生活的经验，她估摸妈妈就是这么叫孩子的吧。无论如何，她肯定自己会习惯的。

与此同时，两个男孩则被带到了杰克和西蒙的房间，去看新环境。

“你们把行李箱放在这里，我去拿床垫。”弗雷斯特先生说，“我要飞奔到阁楼上去。”说完，他消失在走廊里。考虑到这个人的体形，埃德蒙猜想他要飞奔上阁楼可不容易，事实上，他飞奔上任何地方都不容易。他和威廉对视了一眼，不知道该如何面对杰克和西蒙。那两个男孩这会儿正斜靠在床上，并没有聊天的打算。

“谢谢你们让我们住你们的房间。”威廉说。

两个男孩都只是耸了耸肩。

“你们多大了？”威廉问。

回答的是西蒙："十二岁。"

"噢。"威廉停顿了一下，"我也十二岁，埃德蒙十一岁。"

"我们听到了。"杰克说。他和他的兄弟把《比诺》漫画杂志从枕头下拿了出来。

埃德蒙眼睛亮了起来，一下子就来了兴趣："你们喜欢《比诺》？"

"这还用问？"西蒙说。

埃德蒙没有一点儿退缩的意思。"这是最新一期吗？我在伦敦没有买到最新一期，因为……"他结结巴巴地说，"因为……事情变成了现在这样。"

"嗯哼。"西蒙在漫画后面回答。需要指出的是，他看完漫画后并没有把它借给埃德蒙。

埃德蒙和威廉觉得自己像是站了好几个小时。没有椅子，然而，西蒙或杰克也没有邀请他们坐在床上。在沉默中，兄弟俩尴尬地站着。后来，听到弗雷斯特先生从阁楼回来的声音，他们松了一口气。

"好了。"弗雷斯特先生把薄薄的床垫放在杰克和西蒙的床之间，"放在这儿很合适，是不是？"

"谢谢您，先生。"威廉和埃德蒙齐声说。

"不客气，小伙子们。颠簸了一路，想必你们一定又累又饿了吧？"

埃德蒙的肚子咆哮起来，算是回答。

弗雷斯特先生笑了："奈莉随时都可能把晚饭端上桌。下楼吧，我带你们去洗手间，你们可以洗漱一下。我们七个人共用一间盥洗室，有点儿挤，不过我们能应付得来。"

威廉和埃德蒙跟着弗雷斯特先生下了楼，很高兴能离开气氛沉闷的新卧室。

弗雷斯特家的餐桌上铺着一块锦缎桌布，还摆着七套配套的陶瓷餐具，是白色的，边缘有粉红色的花朵图案。

弗雷斯特先生坐在上首，弗雷斯特太太端着烤盘走了过来，埃德蒙希望里面是约克郡布丁。

"你们三个一定饿坏了。喜欢坐哪儿就坐哪儿。"她说着，把烤盘放在一个隔热用的金属架上。

孩子们选了座位。"看起来很好吃，弗雷斯特太太。"威廉说。

"请叫我奈莉阿姨！"

"嗯……奈莉阿姨。好吧。谢谢您！您不必为我们费这么大的劲。"说实话，有人不辞辛苦为他们准备饭菜，这感觉很好。

"噢，不麻烦，宝贝！我们没想到会有三个孩子跟我们一起回家，对吧？幸好今天下午我在烤箱里放了足够一群人吃的烤肉！"

埃德蒙胃里一紧，简直乐开了花。

楼梯上响起沉重的脚步声，是杰克和西蒙来了。

西蒙眯起眼睛看着威廉："那是我的座位。"

威廉站起来，结果膝盖撞在了桌子上。"对不起。"他走到对面一张空椅子上。

"好了，孩子们。"弗雷斯特先生啧啧两声，说道，"我们都需要做一些调整，不是吗？"西蒙和杰克咕哝了一声。弗雷斯特先生转身面对餐桌，匆匆地祷告了两句，便开始递盘子。

安娜吃了一口："太好吃了，奈莉阿姨。谢谢您。"

弗雷斯特太太笑了："皮特叔叔是屠夫，所以我们家不缺肉，即使现在肉类需要定量供应。"

村里的屠夫居然不受配给制度的限制，埃德蒙也说不清这是否公平，但是，随着鲜嫩的烤肉在他嘴里融化，他的顾虑也消失了。

弗雷斯特先生用叉子叉起一大块肉放进嘴里："孩子们，你们要给父母写明信片吗？把你们住的地方告诉他们。你们的父母叫什么名字？"

来了，威廉心想。他深吸了一口气："他们叫埃伦和大卫，但他们都去世了。我们是由祖母养大的……她叫埃莉诺。"他认为这不算谎言。他只是没有提起祖母已经不在人世了。

弗雷斯特太太双手紧握在胸前："天哪，这么小就失去了父母。你们的祖母一定很疼你们。"

三个孩子都看着自己的盘子："是的，太太。"

“你们一定要让她知道你们安全到达了。要不要我打电话给她，你们亲自跟她说？”

威廉过了一会儿才回答：“啊……谢谢您，太太。但是……不用了，谢谢……写明信片就可以了。”

“我们的祖母，她是个很独立的人。”埃德蒙补充道。

杰克坐在埃德蒙的右边，他转过脸面对埃德蒙，皱起了鼻子：“什么味道？”一见杰克靠过来，埃德蒙呆住了。“一股酸臭味。”杰克说，“是你身上的味儿吗？”

“杰克，”弗雷斯特太太说，“你这孩子就是爱胡思乱想。”

“我才没有。”杰克说，“闻起来……闻起来像是……呕吐物的味儿。”

沉默化为了一个活物，在桌子上方盘旋，把它那灼热、恶臭的呼吸喷向埃德蒙的后背。他真想找个地缝钻进去，或是长出翅膀，从餐厅窗户飞出去。他想，只要能躲开这样的奇耻大辱，怎么样都行。

威廉清了清嗓子。“埃德蒙晕车。”他说，“他在旅途中感觉很不舒服。”他看到弟弟的脸变红了，“我们在饭前梳洗过了，但他的衬衫……”他的声音渐渐变小。“对不起。”这最后一句是对埃德蒙说的。

桌边的其他人似乎认为他是在向他们道歉。“没什么好担心的，我的孩子。”弗雷斯特先生说，“有时候，我们每个人都难免如此，不是吗？我相信奈莉阿姨会帮你洗干净的。对不对，奈莉？”

“当然！可怜的宝贝们……这趟旅途一定很糟糕，是不是？我会把你们的衣服好好洗一洗的，好吗？还要把裤子补好。”

这么说，她早就注意到裤子上的洞了。埃德蒙真希望自己的面颊能不那么灼烫。“谢谢您，太太。”

“我可以离开吗？”杰克问。

西蒙点点头：“我也想离开，可以吗？我没胃口了。”

“孩子们，”弗雷斯特太太说，“你们当然可以离开。我把你们的食物包起来，放到冰箱里，免得你们一会儿饿了。”她看着埃德蒙小声说，“男孩子们的胃都很敏感。”

当弗雷斯特家的孩子们从桌边站起来时，埃德蒙感到杰克的鞋子擦过了他的小腿，这绝不可能是意外。

弗雷斯特太太双目一亮：“也许你们三个想睡前洗个澡？”

确实，想让一个孩子主动洗澡可不容易，但在这个晚上，安娜、埃德蒙和威廉都很高兴有机会洗个澡。他们从行李箱里取出睡衣，轮流洗去一路上的灰尘。弗雷斯特太太拿走埃德蒙那件惹麻烦的衬衫和他们一路上穿的其他衣服，放在厨房后面一个整洁的洗涤室里清洗。

三兄妹洗完澡，个个儿干干净净地走出来，他们都累了，准备上床睡觉。弗雷斯特先生坐在客厅的椅子上，听着收音机低沉的颤音，向他们道了晚安。弗雷斯特太太陪他们上楼，向两个男孩道了晚安，然后跟着安娜穿过过道来到她的卧室。

她掀开床上的被单："天哪，我的两个儿子已经很久不让我给他们掖被子了。家里有个小家伙真是太好了。希望你在这里能开心，宝贝。"

安娜决定原谅这个讨厌的称呼，以交换弗雷斯特太太像现在这样给她掖被子。她从未体会过真正意义上的掖被子经历。在学校，当然不会有人这么做，而放假回家期间，祖母则认为这种做法很粗俗。威廉有时会承担起这种大人才应该承担的责任，而且完成得非常好，但安娜认为，由一个真正的成年人掖被子，肯定是一种完全不同的体验。

弗雷斯特太太拉过被单盖到安娜的肩上："我肯定你累了，宝贝。"

安娜打了个哈欠，好奇什么时候才能听到睡前故事。

"啊！我相信它派不上用场，但如果你需要的话，安德森就在房子后面。"弗雷斯特太太说着走进了过道，"祝你有个好梦。"她随手关上了门。

现在来介绍一下什么是"安德森"，以防你从来没有听说过。安德森指的是防空洞。许多家庭都在后花园挖出地洞，在地洞里搭一个小金属房间，用这个草皮下方的狭小空间来躲避空袭。不用说，这样的事并不适合愉快的梦。一点儿也不。

在走廊尽头的房间里，杰克和西蒙继续看漫画，威廉和埃德蒙进来时，他们并没有抬头看。这会儿，威廉和埃德蒙都明白最好别去和他们搭话，于是他们爬上了各自的床垫。床垫很低，夹在这对双胞胎兄弟的两张单人床之间。威廉想和埃德蒙对视交流，但埃德蒙还没有原谅哥哥在晚餐时的背叛，他一翻身侧躺着，闭上了眼睛。威廉早就困得快睁不开眼了，他叹了口气，做了同样的动作。

半睡半醒之间，埃德蒙和威廉听见双胞胎中的一个低声骂了句“肮脏的撤离佬”。他们都希望这是自己的幻觉。

第五章

三兄妹很高兴睡了一夜的好觉。弗雷斯特家挂着遮光窗帘，他们本还可以睡个懒觉，但弗雷斯特太太在过道里抑扬顿挫的声音提醒他们该起床了。西蒙和杰克并没有起来。埃德蒙和威廉很快穿好衣服，拿起上学用的背包，悄声穿过过道来到安娜的房间。他们发现她也穿好了衣服，正坐在床上，由弗雷斯特太太给她梳头发。

“早上好，小伙子们！睡得还好吗？”弗雷斯特太太把安娜的梳子放在床头柜上。

“很好。”威廉说，“谢谢，太太。”

“太好了！你们绝对猜不到今天早上我敲门的时候，你们的妹妹在干什么！”

威廉和埃德蒙看着安娜，她只是耸了耸肩。

“她在看书！”弗雷斯特太太喊道，“你们能想象吗？”她朝安娜微笑，“好了。”她接着说，“早餐马上就好，只要小羊摇两下尾巴的工夫。”说完，她离开了房间。

威廉坐在藤椅上，埃德蒙倒在床上：“干得好，安娜。

想想看，你在看书呢！”

安娜用脚趾戳了戳哥哥。

威廉叹了口气：“真希望能把我们的床垫放在这里。”

安娜看着两个哥哥。“那对双胞胎很可怕吗？”她环视了一下自己的卧室，“要是把衣柜和椅子搬出去，就能放得下你们的床垫了。”

埃德蒙摇了摇头：“他们会不高兴的。”

威廉看着安娜：“不过，弗雷斯特夫妇看起来确实不错。而且，她似乎很高兴有个女儿。”

“嗯。”安娜哼了一声，表示认同，“但我希望我们都在一起。昨天晚上我差点儿偷偷溜过过道找你帮我掖被子。”

威廉歪头看着她：“看来弗雷斯特太太已经做了。”

安娜不想抱怨，她觉得哥哥们的处境比她糟糕多了。“是的，但是……她做得不对。”

埃德蒙坐了起来。他也没有体会过有成年人帮忙掖被子。要是做这种事也有正确和错误之分，那还真是新鲜。“什么意思？”

“我是说，她没有给我讲故事。她只是告诉我安德森在哪里。我又不能让她给我讲讲妈妈和爸爸的事，对吗？”

威廉站起来，和弟弟妹妹一起坐在床上：“事情总会有变化的。但从现在开始我会想办法帮你掖被子，好吗？我还会给你讲很多爸爸妈妈的事。实际上，我昨晚就想到了一件。”

埃德蒙和安娜充满期待地看着他。

“爸爸喜欢把床单熨烫平整。”

埃德蒙皱起了眉头：“这可真傻。为什么会有人费这样的力气？反正都要弄皱的。”

威廉耸耸肩：“我不知道。”他也不能完全确定怎么会想到这件事，“我只知道他喜欢这样。”

“嗯。”安娜满意地喃喃道。

威廉拿出前一天在火车上发给他们的明信片：“我们得写好了寄出去。柯林斯女士要是没有我们的消息，一定很担心。”

“我来写吧。”埃德蒙说。

威廉心想，埃德蒙居然主动承担责任，都不像他一贯的风格了。但他很高兴自己免除了这个任务。他现在不太想讲一路上的经历，况且和弗雷斯特一家待在一起的时间还不够长，他不知道该写些什么。

埃德蒙倒是不觉得无话可说。他写了几分钟，便把明信片交给威廉，威廉大声朗读了起来：

亲爱的柯林斯女士：

我们的地址就在这张明信片的正面。火车开了很久，我吐了，裤子还磨破了。弗雷斯特夫妇看起来还不错。弗雷斯特太太做的饭好吃极了，但她的口红太粉了。弗雷斯特先生是屠夫，不受配给计划的限制，不过这倒是无所谓，因为我们能吃到更多的肉。他们有两个很讨厌的儿子，但我们会过得很好的。希望你和你姐姐过得开心。

你的朋友，

埃德蒙（以及威廉、安娜）

威廉叹了口气："要我说老实话吗，埃德？"

"怎么了？"

"真有必要评论弗雷斯特太太的口红吗？"

埃德蒙耸耸肩："我觉得柯林斯女士肯定想知道。女孩子喜欢口红。"

"我就不喜欢。"安娜抗议道，"但你说得对，她的口红太粉了。"

在口红问题上寡不敌众，威廉只好批评其他方面："给老太太写信，你不能在落款处写'你的朋友'。"

"那该怎么落款？"

"'真诚的'，'深情的'，或是'亲切的'，都可以。"

"我十一岁了。我永远不会说这些话。"

"我只比你大一岁，我就会。"

"嗯，这就是你我之间的区别，不是吗？"

威廉心想，他们之间有很多不同点，这只是其中一个而已，但他还是用了埃德蒙写的明信片。

三兄妹吃早饭的时候，弗雷斯特太太简要介绍了这一天的安排："按照他们的安排，撤离学生上午上课。"这么做是为了减轻负担，安娜愤愤不平地想。"然后，妇女志愿服务队在村务大厅为你们准备了三明治和牛奶，知道吗？"三兄妹点点头，吞下煎蛋和培根。"西蒙和杰克在放暑假，但今天早上他们会很高兴给你们带路去学校。"

这话在三兄妹听来十分值得怀疑，但他们还是感谢了弗雷斯特太太做的早餐，坐下来等着双胞胎。弗雷斯特太太在饭厅里叫了两声，不见儿子们下来，便急忙上楼去找他们。

几分钟后，他们出现了，头发乱糟糟的，眉头皱成了疙瘩。

"走吧。"杰克对安娜、埃德蒙和威廉咕哝道，"你们还在等什么？"

"杰克和西蒙会是很好的向导，"弗雷斯特太太说，"而我今天下午会到村务大厅接你们，好吗？"她为他们把门打开，"也好让你们熟悉熟悉怎么走。"三兄妹点点头。她向他们五个挥手告别，关上了门。

门刚关上，西蒙便对着他的兄弟挑了挑眉毛，露出一个不怀好意的笑容。两人立即跑了起来。"跟上。"杰克扭头喊道。

三兄妹别无选择，只有鼓起勇气，去追杰克和西蒙。这会儿，他们已经跑到了小巷的尽头，正加快速度往左转弯。威廉、埃德蒙和安娜也跑到那个拐角，转过去后，总算看到了那两个不情愿的向导的身影。双胞胎又转过了几个拐角，接着，在一个破旧的墓地右转。威廉和埃德蒙先到了墓地，从那里他们可以看到杰克和西蒙在前面很远的地方，在一片草地的尽头向左转了。

两个男孩把手撑在膝盖上，喘着粗气，等安娜追上来。“快点儿，你跑得太慢了！”埃德蒙喊道，“就快看不到他们了！”

安娜终于跑了过来，她跑得满脸发红，也可能是气得发红。更有可能二者兼而有之。

“那好吧。”威廉向弟弟妹妹翻了个白眼，“我先跑到下一个拐角，看看能不能看见他们。”

埃德蒙可不想落在后面：“我也去！”

安娜也跑起来去追哥哥们，她可不愿一个人留在墓地旁，这倒是可以理解。

等三兄妹跑到草地尽头时，已经不见了杰克和西蒙的踪影。

孩子们跑得直咳嗽，擦干额头上的汗水，继续沿着小路往前走，希望能碰到路人给他们指引方向。很快，一排排整齐的民居就不见了，取而代之的是商业建筑……他们认出了前一天看到的“鼻涕虫和卷心菜”小酒馆。村庄正在苏醒，蔬菜水果商和面包师都开门迎客了。威廉发现了一家报刊亭，在那里他终于打听到了去村里学校的路。

三兄妹继续往前走，一边走一边透过商店的橱窗往里看。他们经过一家肉铺，猜测那是弗雷斯特先生的店。街角的一家糖果店引起了埃德蒙的注意。他渴望地望着橱窗里面，希望他们能带着零用钱，但他想，如果他们三个想吃糖果就能掏出硬币来买，会显得很可疑。威廉终于把他从窗户边拉开了，他担心他们上学会迟到。

到了下一个街区，他们经过了一个邮筒，威廉把给柯林斯女士的明信片寄了出去。再往前走不远，在一个可以俯瞰广场的角落里，矗立着一座小而坚固的石头建筑，上面挂着一块牌子，写着“村图书馆”。安娜从窗户往里看，比在糖果店外面朝里看的埃德蒙还显得充满渴望。她踮起脚尖，希望能看得更清楚。只见里面有很多书架，从地板延伸到天花板，书架上摆满了能带给人慰藉的书，不过她看不清是什么书。安娜在脑海中为这个地方描绘了一幅画，然后将这幅画放在一边，在她心里，这个地方成了一个避难所。如果她需要避难的话。

广场对面就是村里的学校，卡尔小姐如同哨兵一般站在门口，气势威严，一眼就能看出来那里是学校。

三兄弟来到校门口，她快速翻阅写字板上的花名册：“我们已经尽力了，孩子太多了，老师却不够，只能合班上课。你们三个在同一间教室。楼上，在你们的左边，老师是沃伦太太。”

孩子们都松了一口气。三人在同一个班？老师是沃伦太太？真是令人愉快的消息。只有埃德蒙，一想到要和学习成绩非常棒的哥哥一起上课，不禁感到一丝痛苦。

三兄妹爬上楼梯，看见一扇门上有个纸牌子，上面写着几个整齐的字：沃伦太太。他们进去后，看见里面有很多男女学生，沃伦太太正招呼大家坐下。

她一见他们，眼睛就亮了起来：“欢迎你们，孩子们！我还在想你们能不能来上我的课呢。你们还好吗？想来你们是住在一起的吧？”

威廉很高兴她这么关心他们兄妹，笑着说：“是的，太太。”

“一切都好吗？”

“是的，太太。谢谢您！您找到宜人的地方了吗？”

埃德蒙惊诧不已。宜人，他心想，谁会说“宜人”这样的词呢？

“是的。”沃伦太太答，“我住的地方离这儿不远，住在一对善良的老夫妇家里。”她从三兄妹的脑袋上方向后面扫了一眼，吓得那些不安分的学生守起了规矩。“找座位坐下吧。”她眨了眨眼，“该上课了。”

三兄妹坐在了教室后面，安娜的旁边是前一天吃掉埃德蒙的巧克力的小男孩。他还穿着昨天穿的衣服，但那粉红色的脸颊看起来像是擦洗过了，鼻子底下发红的皮肤涂了药膏，闪闪发光。安娜低声做了自我介绍。

“我叫休。”男孩回应道。他朝埃德蒙点了点头：“那是你哥哥吗？”

“是的。他叫埃德蒙，我大哥叫威廉。”

休没有再说什么，只是睁大眼睛看着埃德蒙。

威廉和埃德蒙坐下后，他们面前一个体格魁梧的男孩转过身来，介绍自己叫阿尔菲。“你们不是我们学校的吧？”他问。

“不是。”威廉答，“我们只是和你们一起撤离。”

“不错。”阿尔菲道，“你们真幸运，能被安排到沃伦太太的班上。我也很幸运。在家里的时候，我去年在疖子怪老师卡尔小姐的班上。后来算我们走运，她升职了，不再教书，而是整天对着别人摆架子耍威风。依我看，她不太喜欢学生。”

沃伦太太拍了拍手：“早上好，孩子们！欢迎你们，这里暂时是我们的教室，等以后……好吧，非常欢迎你们。”她清了清嗓子，“有的人还不认识我，我是沃伦太太，我很期待和你们一起学习。好了，我也知道，暑假期间还到校上课不合常规，你们的年龄也是从九岁到十二岁不等，但现在有很多事都不合常规，所以我们只能泰然处之，是不是？”

有几个孩子嘟囔了两句。

“上课之前，还有人有问题吗？”

前一天早上步行去国王十字车站途中，对威廉很感兴趣的女孩弗朗西丝举起了手："如果德国人在我们上课时发动攻击了，我们该去哪儿？"

埃德蒙心想，这个问题算是问到点子上了。

沃伦太太犹豫了一下："这是一个非常好的问题，弗朗西丝，这个问题……嗯……我简要回答一下吧，我们还没有收到有关空袭预防措施的详细信息。"

"但如果德国人今天就轰炸我们呢？"弗朗西丝追问。她旁边的一个小女孩尖叫了一声。

沃伦太太似乎意识到这一连串的问题可能引起恐慌。"记住，孩子们……我们之所以来这里，就是为了远离危险。德国人不太可能——"

"但是，如果他们这样做了呢？"弗朗西丝问。

弗朗西丝真像一头斗牛犬，埃德蒙不无钦佩地想。

沃伦太太叹了口气，脸上的笑容快挂不住了："假如遇到了这种极不可能发生的状况，也就是我们今天上午会遭到轰炸，"她看了看弗朗西丝旁边那个现在正在抽泣的女孩，"那我们就按照秩序走下楼梯，到锅炉房去，那里最安全。"

威廉很清楚，去锅炉房之类的话，就是沃伦太太编造出来的。不过，他并不会因此责怪她。有些时候，编这样的话很有必要。无论如何，弗朗西丝很满意。她旁边的女孩用拳头揉了揉眼睛。

"好吧。那就开始上课了，好吗？"沃伦太太说，"我们先从地理开始。年纪最小的孩子们，也就是九岁和十岁的孩子们，请把你们的椅子搬到教室前面来。”她继续往下说，与此同时，教室里响起了一阵椅子腿刮擦地面的声音。“十一岁的孩子们，请你们从窗户下的架子上拿起纸和笔，抄写黑板上的欧洲首都。十二岁的孩子们，你们每人从门边的书柜里拿一本地理课本，请在《了解地形》一章中做笔记。大家一定要小心使用教材，因为它们不是我们的！”

学校的一天就这样开始了。虽然对六月还要上学这件事有所抱怨，可撤离学生还是很高兴能来到熟悉的教室，在这里，破旧的课本散发出令人欣慰的墨水香和霉味。书页上的内容讲述着过去，提醒着人们，这个遭受重创的古老世界已经存在了很长一段时间，哪怕是受到最近的这场冲击，也照样禁受得住。

地理课结束，数学课开始，接着又上了阅读课和写作课，就这样，三兄妹在乡间的第一天学习生活结束了。他们把书放回书架，然后跟着沃伦太太下楼来到门厅，其他撤离学生都聚在那里。卡尔小姐领着焦躁不安的学生们沿着街道来到村务大厅，妇女志愿服务队的好心女士们在那里摆出了三明治和牛奶。

安娜、埃德蒙和威廉刚吃完午饭，弗雷斯特太太就来接他们了。她环视着熙熙攘攘的大厅，最后，目光落在她负责照顾的三个孩子身上。她走到盘腿坐在地板上的三兄妹身边：“你们三个在这里呀！今天在学校过得好吗？早上我的两个儿子帮你们找到路了吗？”

威廉只回答了第一个问题：“在学校很顺利，谢谢。谢谢您来接我们。”

“那太好了，宝贝。我本来想买点儿东西，但排队的人太多了。我还需要在蔬菜水果商那里登记你们的配给簿，到时候再看看这周有没有洋葱。我们一起去好吗？”

孩子们想知道这是不是一个真正的问题。也许这只是成年人在告诉别人自己要去买洋葱时，随口说出的问句而已。

埃德蒙大胆回答：“实际上……嗯……老师给我们布置了一个作业，需要读书。”他瞥了一眼自己的兄妹，“您去蔬菜水果店的时候，我们可以去图书馆吗？”

安娜和威廉目瞪口呆地看着他们的兄弟，很高兴他想象出了这样一项作业。你必须知道，要是能去图书馆，就算撒些小谎，也是完全可以接受的。

“图书馆！”弗雷斯特太太似乎从来没有想到过这个地方，“天哪，图书馆！我们家里一本书都没有，只有双胞胎非常喜欢的漫画。当然了，孩子们，你们去选吧，我买完东西就来接你们。好吗？”

埃德蒙咧嘴一笑：“好极了。”

第六章

威廉用肩膀顶开了图书馆厚重的大门。伴随着一声令人满意的吱嘎声，门开了。三兄妹发现里面十分凉爽，弥漫着肃穆的氛围，一点儿声音也没有。而这种寂静只有在藏书的地方才会出现，也许收藏艺术品和宗教器物的场所也是如此。式样杂乱的书架或是背对而立，或是并排而立，中间的过道蜿蜒曲折。在这个温暖的下午，房间角落里的壁炉没有点燃，但壁炉周围放着许多软垫椅，毫无疑问，冬天坐在那里看书一定非常惬意。三兄妹先是来到指示牌上所标注的“文学与小说区”，接着又去了“童书区”。

这感觉就像回到了家。

在隐藏着不能大声说出口的心事的内心深处，威廉、埃德蒙和安娜都清楚，他们从未住过在故事书里读到的那种家。那样的家温暖，充满爱意，你知道家里人非常信任你，相信你能把月亮挂起来。祖母养活了他们。小时候，他们还没到上寄宿学校的年纪时，他们也遇到过一些善良的保姆。柯林斯女士一向和蔼可亲，非常疼爱他们。但这种关爱，与真正的家人之间的爱不是一回事。而对这种家人之间的爱，三兄妹除了在彼此身上体会过，也就只能从书本中了解了。在一页页的文字中，他们每个人都拼凑出了他们梦想中的家庭的样子。

埃德蒙想象中的家充满了惊心动魄的历险经历。他根据故事书想象出的父亲是美国西部的牛仔，但也在海上做过海盗。妈妈并没有什么特别之处。她不介意他洗不洗耳朵，可以说，她对任何事都没有苛刻的要求，还允许他养自己的马，拥有自己的步枪。埃德蒙对传统的唯一认可，就是他想象出的母亲是格兰德河[1]这一边厨艺最棒的人——无论格兰德河究竟在哪里。

在威廉的想象中，做一手好菜也是很重要的，不过他梦想的菜肴没有弟弟想象的那么花哨。埃德蒙想要的早餐是巧克力蛋糕，威廉想要的则是完美的水煮荷包蛋加黄油吐司，假如他生病了，就在床上吃，要是天气晴朗，就在花园里吃。他梦寐以求的想象出的父母全都值得信赖。在这样的父母看来，一个十二岁的男孩要做的只有学习出色、保持卧室整洁、有朋友来访时彬彬有礼，除此之外他不该对任何事情负责。

说来也怪（要是仔细想想，也许一点儿也不奇怪），安娜想象的母亲和威廉想象的并没有什么不同。她当然很善

① 美国和墨西哥的界河。——译者注

良，会读故事给安娜听，这一点自然不用说，而在她读故事的时候，安娜就舒舒服服地坐在她的腿上。她绝不容忍胡言乱语，除非有这个必要。在只有热情的拥抱才能使一切变得更好的时候，她时刻准备着给予她那热情的拥抱。而且，她会一直在，从无缺席。

“需要帮忙吗？”

三个人都被身后的声音吓了一跳，转身后发现一个女人正充满期待地看着他们。她栗色的头发向后梳成一个低低的发髻。她穿着一条有精致花纹的连衣裙，外面套着一件结子花线开衫。她怀里抱着一堆书，这说明她可能是图书管理员。

“我们只是看看。”威廉回答。

女人的声音很柔和，孩子们不知道她是天生如此，还是这是图书管理员的职责。“我们都喜欢看看。你们是从伦敦来的孩子吗？我以前好像没见过你们。”

威廉点点头：“是的，女士。我们是昨天来的。”

“欢迎。你们要借书证吗？”

“是的，女士。可以吗？”

“当然。我们非常欢迎爱书之人。”

安娜确定自己就是个爱书之人。

“好了，继续选书吧。”图书管理员又道，“选好了以后，就到服务台来，我拿借书证给你们填写。”说完，女人抱着她的一堆书走开了。

孩子们开始浏览。安娜和埃德蒙很快就选好了，便坐在地板上看了起来。威廉用的时间长了一些。虽然他永远不会承认埃德蒙是对的，但他从伦敦家里儿童室书架上选择《百科全书》的做法确实是目光短浅。现在，面对着作为撤离儿童的现实生活，威廉根本不想读关于波兰天文学家赫维利乌斯的介绍，即使这个人绘制了月球表面的地形图。他发现自己对杰拉德·曼利·霍普金斯的诗歌也毫无兴趣。威廉想要的是逃避，而不是启蒙，他在书架上翻找着可能符合要求的书籍。

大约二十分钟过去了。也许是两个小时过去了。安娜从书上抬起头，看着哥哥仍然空着的手。她从地板上站起来，伸了个懒腰："弗雷斯特太太可能很快就要来了。你还不选一本？"

威廉耸耸肩。他伸手把埃德蒙拉了起来，三个人一起来到主阅览室，在服务台找到了图书管理员。

埃德蒙先把书递了过去。图书管理员咧嘴一笑："《布兰斯塔姆教授的奇妙冒险》。"她边说边翻着书页，"我还没有读过。等你读完了，能不能给我讲讲？"埃德蒙点点头。女人转向安娜，安娜举起她的选择：《黄皮童话书》。"这是你看的第一本童话书吗？你读过其他的吗？"

安娜骄傲地回答说她读过《紫丁香童话集》。"我目前还在读《小公主》。"她说，"但我只从家里带来了这一本书，所以不想那么快读完。"她相信在图书馆工作的女士一定对这样的细节感兴趣，"埃德蒙在读《基督山伯爵》，威廉在读《百科全书》。”

图书管理员在安娜的书上盖了章：“《百科全书》？”

威廉点了点头，两颊发热。

“都读完了？”

“我只读到字母H开头的词条。”

“无聊至极。”埃德蒙说。

图书管理员把手举到嘴边，掩饰笑容。“嗯。你们三个都棒极了。”她说，“你们一定是真正的行家。”

安娜无论如何也说不出“行家”是什么意思，但这听起来非常优雅。

图书管理员看着威廉空空的双手：“那么，你今天不想借书了吗？”

他耸了耸肩：“我不知道该借哪本。”

“这样呀。”图书管理员喃喃地说着，眯起眼睛看着他，“你读过阿加莎·克里斯蒂的书吗？”

威廉摇摇头。

“一般来说，她的书不适合孩子阅读，但在我看来，选择阅读《百科全书》的男孩似乎不是一般的孩子。”

“那是肯定的。”埃德蒙低声说。

图书管理员咧嘴一笑：“要不要给你找一本？”

“非常感谢。”威廉说。他跟着那位女士来到了“悬疑故事区”，现在他要选儿童区以外的书了，他感到很兴奋。

图书管理员从书架上抽出一本书递给他：“这是我最喜

欢的作品之一。一列火车被困在暴风雪中，车上坐满了人，他们之中潜藏着一个凶手。”

威廉的脊柱开始发麻：“凶手？”

女士扬起了眉毛：“是的。”

威廉笑了：“这听起来非常不错。”

“希望你喜欢。”图书管理员说，“你看《百科全书》，这非常好。我希望你能坚持下去，不过我想，当一个人漂泊到一个陌生的地方，转移一下注意力也不是坏事。”

威廉瞪大了眼睛，惊诧于她竟然知道自己心里在想什么：“非常感谢。”

他跟着图书管理员来到主阅览室。弗雷斯特太太已经来了，她提着大包小包，身体不堪重负，显得十分萎靡。“啊，孩子们，人都齐了。”她说，“太好了。都选好了吗？”

“是的，太太。”安娜回答，“现在只差办借书证了。”

弗雷斯特太太的目光落在图书管理员身上：“穆勒太太。”

“下午好，奈莉。”图书管理员说，“希望你和皮特还有孩子们都好。”她瞥了三兄妹一眼，“我猜你家住了很多人，是吗？”

“是的。”弗雷斯特太太答，她平常那种叽叽喳喳的劲头似乎消失了，“穆勒太太，需要我做什么来完成孩子们借书的手续吗？”

图书管理员给了他们一个有些紧绷的微笑。三兄妹估摸她叫穆勒太太。“孩子们，我只需要知道你们的名字。以及负责照顾他们的你的签名，奈莉。”

威廉告诉图书管理员他们的名字如何拼写，后者记下了信息，然后看着弗雷斯特太太：“还有你的地址，奈莉。我记得你们家并没有办过借书证，所以我这里没有地址信息。”

弗雷斯特太太把大包小包倒了个手。“是的，没有。”她填好了借书证，又看着图书管理员，“就这些吗？”她声音里的担心显而易见。

“是的。”图书管理员努力保持着笑容，可那笑容显得有些吃力，“好好读书吧，威廉，埃德蒙，安娜。”

这个女人已经把他们的名字记在了心中，孩子们很高兴。干图书管理员这一行的人，似乎是值得交的朋友。

回到弗雷斯特家，三兄妹都迫不及待地想去读书。他们快走到楼梯时，弗雷斯特太太从客厅里喊道，也许安娜愿意和她一起坐下来看看最新的《妇女周刊》。

埃德蒙哼了一声。

安娜看着哥哥们上了楼：“嗯，谢谢，弗雷斯特太太……奈莉阿姨。听起来有趣极了。”

不见双胞胎的踪影，埃德蒙和威廉对此感到满足。他们安心坐下来读书，度过了一个愉快的下午。威廉沉浸在神秘的谋杀案中，只是偶尔被埃德蒙看到有意思之处的咯咯笑声打断。快到五点钟的时候，前门砰的一声打开，杰克和西蒙回来了。

“又来了。”埃德蒙喃喃地说。

可以听到双胞胎飞快上楼的声音，但来到卧室门口，他们突然安静了下来。他们环抱双臂，对威廉和埃德蒙颐指气使。

“我们是让你们睡在我们的房间里，”杰克嚷嚷道，“但仅此而已。拿上你们的东西，走开。”

埃德蒙和威廉红着脸站起身来。威廉努力让自己做出慎重的回应：“那么，我们到哪里去呢？”

“我相信你们的妹妹和她的洋娃娃很乐意有人陪。”

威廉收拾好他们的书和箱子，把埃德蒙的箱子递给他，领他走进过道关上了门。埃德蒙气得血液沸腾。

“他们不能这么做！”埃德蒙低声吼道。

“问题是，我想他们可以。”威廉低声说，“不然能怎么办呢，告诉弗雷斯特夫妇他们的宝贝儿子是坏蛋吗？”

埃德蒙胸脯起伏，琢磨着这个可能性，这时候，安娜正好来到楼梯顶上。三人来到她的房间，男孩们向她讲述了他们的悲惨经历。

“那么，我们就把这里当作我们的房间吧，除了睡觉，我们就待在这里。”她说，“反正我也不想一个人待着。”

两个男孩坐下，埃德蒙坐在地板上，威廉坐在床上。

“奈莉阿姨的《妇女周刊》怎么样？”埃德蒙问，毫不掩饰自己的幸灾乐祸。妹妹的不幸使他暂时忘记了自己的不幸，倒也十分可乐。

“比你们想象的还要糟糕。”安娜怒气冲冲地说。

“我可以想象那的确糟糕透顶。”

安娜耸了耸肩：“她给我读了一个报道，说什么战时尼龙丝袜很难买，没有尼龙丝袜该怎么办。”

男孩们找不到合适的词来形容这件事。

“办法就是用眼线笔在腿后面画一条线，那看起来像一条袜缝。”安娜解释道。

威廉皱了皱鼻子：“你要在腿上画线吗？”

“这还不是最糟糕的，”安娜叹了口气说，“她想让我在她的腿上画。”

埃德蒙觉得这可能是他听过的最有意思的事了。他忘记了受弗雷斯特家孩子欺负的事，笑得几乎说不出话来。

安娜皱起了眉头。毕竟拿眼线笔画线的人是她，她看不出其中有丝毫可笑之处。

那天晚上吃晚饭的时候，杰克和西蒙立刻发起了进攻。

“查理说很多撤离佬长了虱子。”杰克说着，吞下了一口土豆。

“儿子，不要说‘撤离佬’这种话。”弗雷斯特先生告诫道，“安娜、埃德蒙和威廉是我们的客人。”

杰克对埃德蒙露出傲慢的微笑："我又不是说他们有虱子，爸爸。"

"你当然不是这个意思，亲爱的。"弗雷斯特太太咂舌说。

埃德蒙的拳头攥得紧紧的："我们没有虱子。"

"孩子们，你们当然没有。"弗雷斯特先生说，"这是当然。只是……你们必须明白，我们从报纸上看到，去年秋天撤离的一些孩子有不少问题。报纸上都是这样的报道。"

威廉在桌子底下轻推了他一下，埃德蒙没有理会："我们离开伦敦前接受了检查。我们没有虱子。"

弗雷斯特太太紧张地笑了笑："你们当然没有。"

埃德蒙咬紧牙关，在这顿饭剩下的时间里，他一直想着自己从家里带来的牛奶巧克力棒，才能抚平心中的怒气。

但晚饭后，当三兄妹回到安娜的房间，他咔嗒一声打开手提箱，却发现……糖果不翼而飞了。

袜子、衬衫、裤子和其他无聊的东西倒是都在。但没有牛奶巧克力棒，没有果味软糖。反正对他很重要的糖果都不见了。

"我知道了。"他说着，两眼放光，"是他们干的。他们拿走了我的糖果！"他砰的一声关上手提箱，怒气冲冲地冲出房门。

"埃德蒙……"威廉叫道，知道应该在弟弟做出鲁莽的举动前阻止他。可是埃德蒙已经走到了过道中间。威廉和安娜跟在后面，提心吊胆，很担心他们的兄弟。毕竟，只有黑心肠的人，才会干出偷糖果这种事。

埃德蒙猛地推开双胞胎卧室的门。门猛地向后弹开，砰的一声撞在门后的墙上。

“它们在哪儿？”他吼道。

杰克和西蒙不再看漫画，坐了起来。“什么？”西蒙问，他微微一笑，那样子讨厌极了，“别把门弄得哐啷响。妈妈不喜欢。”

“我的旅行箱里有好多糖果，现在都没了！”埃德蒙喊道，“你们把糖果弄哪儿去了？”

杰克和西蒙还没来得及回答，弗雷斯特太太就出现在门口：“孩子们，怎么这么大动静？”

西蒙摇了摇头：“妈妈，我告诉过他别把门弄得砰砰响。”

弗雷斯特太太看着埃德蒙：“发生什么事了？”

埃德蒙深深地吸了一口气：“我从家里带了糖果，现在都没了。”

弗雷斯特太太看看他们：“你是什么意思？”

“我是说糖果不见了。”埃德蒙答，“今天早上糖果还在我的行李箱里，可现在不见了。”他怒视着那对双胞胎，“一定是他们把糖果藏起来了，不然就是全吃掉了。”

弗雷斯特太太的回答清楚地表明了她站在哪一边：“杰克和西蒙绝不会做这样的事，宝贝。也许是你把糖果落在火车上了呢？还是你在路上吃了很多，只是你自己不知道而已？”

“我没有——”埃德蒙说。

“没错，”杰克说，“我打赌你把它们落在火车上了。真倒霉。”

“之前还在呢——”埃德蒙说。

杰克打断了他：“你知道吗，妈妈？我还有点儿零用钱。我很乐意买些糖果，和大家一起分享。”

弗雷斯特太太似乎感动得要哭了：“啊，杰克！我都不知道该说什么了。你真是太好了。”她转向埃德蒙，“看到了吗，宝贝？当时情况混乱，把东西落在火车上，也是常有的事。”

埃德蒙还没来得及回答，威廉就抢着开口了：“您说得对，奈莉阿姨。我相信事情就是这样的。”他看了一眼杰克和西蒙邪恶的笑容，便一只手拉起安娜，另一只手轻轻推了推埃德蒙，“那我们去梳洗，准备睡觉了。晚安。”他带着弟弟妹妹穿过过道来到安娜的房间。

埃德蒙强压住心里的愤怒，轻声说：“你为什么这么说？”

“还能怎么办呢，埃德蒙？”

埃德蒙的眼里闪动着怒火：“你应该相信我！”

“我自然相信你！但她不打算相信你，这不是很明显吗？”

埃德蒙的怒气一点儿也没有减少：“是的，但这不是重点。”

“自然不是。你是对的，这不是重点。”威廉低声说，“重点是，埃德蒙，我们三个没有别的地方可去了。你的糖果丢了，我很抱歉，真的很抱歉，但我只是不想让我们三个被赶出去！你看不出来吗？”

此时此刻，埃德蒙只知道自己失去了重要的东西，除了这难以言表的惨痛经历，他什么都看不见。但他放弃了抵抗，瘫倒在妹妹的床上。

威廉的话在安娜耳边回响：没有别的地方可去了。她感觉自己的眼泪要流下来了，但她也知道，哥哥们吵了起来，没有精力再面对她的泪水了。她吞了吞口水：“给我讲讲吧，威廉。”

“什么？”威廉扭过头来，“我今天早上不是才讲过吗？”晚上这么一折腾，他根本想不起脑海里的故事了。可他注意到了妹妹的脸，发现眼泪在她的眼眶里打转，他只好继续回忆。“好吧。嗯，还有很多。”他想了一会儿，一边想一边捏了捏安娜的手指。

“爸爸讨厌萝卜。”

安娜慢慢地点了点头：“我也讨厌萝卜。”她转向埃德蒙，“你呢，埃德蒙？”

她的二哥交叉双臂捂着脸，什么也没说。平息怒火需要一些时间，尤其是和糖果有关的时候。

第七章

一晃一个星期过去了，三兄妹进入了在乡下的第二个星期，每天的生活开始有规律了。他们起得很早，和弗雷斯特太太一起吃早饭，而此时杰克和西蒙还在呼呼大睡。弗雷斯特先生经常在早餐前就出门了，去店里接收当天送来的肉，还要处理排队买肉的人越来越多的问题。上学前，弗雷斯特太太会花很多时间为安娜梳头。埃德蒙担心不停地这么梳呀梳呀，头发很快就会掉光。安娜希望他是错的。

三兄妹现在已经认得上下学的路了，每天早上都盼望着见到沃伦太太，得到她亲切的欢迎，他们就感到非常安心。他们还知道了同学们的名字，大多数同学似乎都很适应各自的新住处。阿尔菲说，他的寄养母亲为了讨他喜欢，做了很多事。弗朗西丝抱怨吃不惯乡下的食物。休问埃德蒙他们的住处怎么样。

“很好。”埃德蒙说，他瞥了兄妹一眼，“我的意思是，我不确定我们是否愿意永远住在那里，不过……”

威廉闭上了眼睛。安娜则瞪大了眼睛。

到了晚上，大家围坐在收音机旁，焦急地等待着战争的消息。在大多数夜晚，战争似乎都显得非常遥远，但随着六月过去，七月临近，战争也在悄悄靠近。他们静静地听着，新首相温斯顿·丘吉尔的声音噼里啪啦地穿过木盒子，告诉他们法国已经落入纳粹之手。

弗雷斯特先生关掉收音机。他摇了摇头："确实是非常坏的消息。"

"您是什么意思，皮特叔叔？"埃德蒙问。

"我的孩子，我们和德国佬之间就只剩下英吉利海峡了。如果你身在多佛，那不过是三十英里左右的路程。"

安娜一把抓住威廉的手。"多佛离这儿有多远？"她低声说。

"很远。"威廉道。

埃德蒙看着弗雷斯特先生："您认为德国人会攻击我们吗？"

他摇了摇头："可能不会进攻这儿，埃德蒙。我敢打赌，他们对农村没什么兴趣。但是大城市……比如伦敦……我想撤离是个好主意，对吧，孩子们？"

事情来得太突然，三兄妹震惊不已。

弗雷斯特太太叹了口气："我想知道我们还能不能买到法国香水。"

安娜、埃德蒙和威廉选择了一个下雨的星期一，在放学回家的路上去图书馆还书。他们到达时，图书管理员穆勒太太正在服务台旁。她看到他们，便放下了手里的毛线活儿。

“孩子们，你们好……很高兴你们回来了！《黄皮童话书》得到你的认可了吗，安娜？”

安娜很高兴穆勒太太记住了她的名字和她借的书：“是的，女士。非常感谢。”

“你最喜欢哪个童话故事？”

安娜想了一会儿，她希望自己的答案是穆勒太太希望听到的：“我都很喜欢……好吧，大部分都很喜欢。《坚定的锡兵》太惨了。我想我最喜欢《打火匣》。”

穆勒太太点了点头：“我也喜欢这篇，尤其是讲一条眼睛像碟子一样大的狗的那部分。”

安娜急切地翻阅着，找到了那条狗的图片。穆勒太太用一根手指拂过那一页，笑了笑，然后转向威廉，从他手里接过阿加莎·克里斯蒂的书，盖上了“已归还”的标记。

“怎么样？”她问道。

威廉笑了：“正是我要找的书。”

“我很高兴。”她说，“还有很多她的书呢。”

埃德蒙也把他的书放在柜台上。“埃德蒙，”穆勒太太说，“怎么样？”

“棒极了。”埃德蒙说，“安娜也想看。”

穆勒太太熟练地安排将书收回再借出给安娜：“这星期我只拿到了一本新书，埃德蒙。不知道你愿不愿意做第一个读者？”

埃德蒙很喜欢“第一个读者”这个角色。他做什么都喜欢争第一。

“这本书叫《魔法树》。”穆勒太太从身后的一辆手推车上拿出一本书，继续说道，“讲的好像是三个孩子从城市搬到农村的故事。”她笑了。

“就像我们一样。”安娜微笑着说。

“就像你们一样。”穆勒太太小声说，“如果标题可信的话，我想他们一定是碰巧进入了一片魔法森林。”她眨了眨眼，“埃德蒙，你愿意接受这个任务吗？”

他露出了灿烂的笑容，点了点头。

穆勒太太在书上做了借阅标记，然后把书递过柜台：“还想再借一本吗，威廉？”

“是的，女士。谢谢。”

“太好了。如果你需要建议，尽管告诉我。”就这样，威廉离开去找书。埃德蒙跟着他。安娜在服务台边徘徊。

“《小公主》看得怎么样了？”穆勒太太问。

安娜想知道，这位穆勒太太是不是能记住每个人所看的书，还是她是一个特例。她希望她是个特例。“很好，只是我想明钦小姐对她好，只是因为她有很多钱。”

“那真可怕，是不是？”

“嗯。”安娜喃喃地说，“我不想耽误您的工作。”在内心深处，安娜其实非常想和穆勒太太待一会儿，才不要管她是不是得去工作。

穆勒太太笑了："令人高兴的是，谈论书籍实际上正是我的工作。"她交叉双手，"所以我很高兴有你这样一位精明的读者做伴。"

安娜眯起了双眼："精明？"

"我是说你很聪明。"

"啊。"安娜的脸上泛起了骄傲的红晕，"谢谢您。"

就在这时，一个白发苍苍的女人推开了图书馆吱嘎作响的旧门。她抖了抖伞，把它放在入口处的伞架上，看向服务台。

"你好，诺拉。"她说，"我想和你聊聊。"

安娜退到壁炉旁的椅子上，打开她的书，气老妇人打断了她和穆勒太太两个"精明"人之间的谈话。

"很高兴见到你，弗洛伦斯。"穆勒太太道，"你是来找书的吗？"

"不是的，诺拉，不过我不介意阅读一些菜谱。现在很多食物都买不到，我需要一些建议，看看怎么才能把晚餐做好。"

"那你是为了晚饭来的喽？"

老妇人咯咯地笑了："在某种程度上，我想是的。"她解开雨衣最上面的扣子，"你和所有人一样清楚，诺拉，战争开始了，不再进口粮食，我们都要响应号召自己种。我想问问，你愿不愿意考虑秋天时为村里的女士们介绍一下怎么种菜，也可以为剩下的男人们讲讲？”

穆勒太太的声音比平时更温柔了：“我？”

老妇人点了点头：“不管我们中的一些人有多反感，我们都必须把家里的绣球花和黄杨树挖出来，改种土豆。你打理的菜地多好啊，我想你可以给大伙儿介绍一下经验。你知道的，这样一来，他们的园子里来年开春就能长出作物了。”

“你这样说真是太好了，弗洛伦斯……确实如此，但是……”

“我不是为了恭维你才这么说，诺拉。这是事实。你很会种菜，村里人都比不上。还有谁比你更适合提建议呢？”

“谢谢你，弗洛伦斯。只是……”穆勒太太的声音降得很低，安娜不得不歪着头去听。她知道不该偷听，但别人就在近在咫尺的地方耳语，没什么比探听一下更有吸引力的事了。“我在村里不太受欢迎，你说是吧？”穆勒太太说。

“不要管那些心胸狭窄的人说的浑话。”老妇人答，“你没做错什么，诺拉。事实上，恰恰相反。你是受连累了。”

“这我知道，弗洛伦斯。好吧，太平的时候，是这样的。不过，感觉平时这样说的，并不只是几个铁石心肠的人。”

“正是出于这个原因，我认为你才应该这样做。你应该多和人们交往交往。让他们看到你是多么善良。让他们知道你在尽自己的一份力。”

“我正在尽我的一份力，或者说正在努力这么做。你知道的。”安娜听到穆勒太太的声音在颤抖。

“我知道，诺拉。我知道。天哪，你为我们的小伙子们织了那么多围巾和袜子……”

威廉和埃德蒙出现了，手里拿着他们选的书。“你没看多少吧，安娜？”威廉说，指出她的书只打开了第一页。

“什么？”安娜说，“啊，是的。我刚才在和穆勒太太聊天，然后我……”

安娜希望自己没有错过那两位女士最后谈到的内容，但此时，穆勒太太正在给老妇人看她织的东西。孩子们走近时，她把他们介绍给老妇人。“他们是皮尔斯家的三兄妹，现在住在弗雷斯特家。”她说，“他们已经成了我最精明的客人。”

安娜笑了，两个男孩也笑了。安娜猜想他们一定知道“精明”是什么意思。

在回弗雷斯特家的路上，安娜把两位女士的谈话告诉了哥哥们。

威廉看着她：“安娜！你知道不该偷听。”

“我知道！”安娜喊道，“可我当时就在那里！能怎么办呢？”

“我想知道她做了什么让人们讨厌她。”埃德蒙说，边走边踢一块鹅卵石。

“她什么也没做。”安娜说，“反正那个老妇人是这么说的。”

“她一定做了什么。”

安娜皱起了眉头：“肯定与战争有关。老太太说，如果穆勒太太给大家讲怎么种菜，她就能表明她是在尽自己的一份力。”

“一个女图书管理员能做什么对战争不利的事呢？”威廉问道。

埃德蒙想了想：“难道是囤积了大量德国人写的书？”他看着妹妹，“安娜，你读的那本童话书里不是有格林兄弟写的故事？”

“我不——”

“我想他们是德国人。”埃德蒙顽皮地朝她咧嘴一笑，“你读了德国人写的故事，会不会被抓起来？”

安娜眯起眼睛看着二哥。

“他们现在可能正在找你，准备把你扔进监狱。”埃德蒙用脚踢那块石子，却没踢中，结果脚趾碰到了路面。

安娜勉强笑笑。要进监狱，她心想，老天。

第八章

七月，威尔士、康沃尔和多佛相继遭到了轰炸。

“德国人正在袭击港口，想吓唬我们投降。”弗雷斯特先生说。

“投降？”安娜问。

威廉握住她的手：“就是不再抵抗了。”

“我们不会那样做的，对吗？”安娜轻声说。

“当然不会了，傻瓜。”西蒙眯起眼睛看着她说。

“别叫我妹妹傻瓜。”埃德蒙警告道。

“孩子们——”弗雷斯特太太说，但弗雷斯特先生打断了她：

“我们不会投降。除非丘吉尔对此有话要说。”

事实上，丘吉尔先生确实对此有话要说。孩子们从收音机里听到了他低沉的声音，他说他宁愿看到伦敦化为废墟和灰烬，也不愿向纳粹屈服。

安娜倒吸了一口气。“化为废墟和灰烬”。

“我要告诉你们一件事，”弗雷斯特先生继续说，“我的年纪大了两三岁，不能入伍了……”埃德蒙心想，你不光大了两三岁，还超重了两三斤。“但我马上就要加入地方防卫队了。”

“啊，皮特……你真的认为……”弗雷斯特太太说。

“我决定了，奈莉，”他说着举起一只手，表示不会就这个问题争论，“加入地方防卫队，我不会有什么大危险。据我所知，我要做的大部分工作就是把路标拿下来，迷惑德国佬。运气好的话，也许还能找到一些没爆炸的炸弹。”

安娜觉得这听起来一点儿也不像运气好。

埃德蒙倾向于同意弗雷斯特先生的观点。“找到以后呢？”他问道。

弗雷斯特先生咯咯地笑了：“我暂时还不清楚，但我估摸他们会训练我的。”他拉起弗雷斯特太太的手，“你也可以尽一份力的，奈莉……你知道，他们正收集炊具去造飞机。”

弗雷斯特太太朝厨房瞥了一眼：“先是尼龙丝袜，现在又轮到锅碗了。”

第二天，邮递员送来了一封信。弗雷斯特太太把信交给威廉：“孩子们，一定是你们祖母写来的。”

“那真是太棒了，是不是？”埃德蒙嘟囔着。

孩子们上楼来到安娜的房间，威廉打开信封，大声念了起来：

亲爱的威廉、埃德蒙和安娜：

很高兴收到你们的来信，并得知你们都很安全。我已把你们的消息转给了恩格索尔先生，他肯定也会很开心的。

听说弗雷斯特夫妇看起来很善良，这真是太好了。也许他们的孩子只是尚未适应新的安排，现在你们已经成为朋友了吧？我希望如此。至于唇膏的事，我倒是不太担心，埃德蒙。人在一生中总有自己喜欢的坚持的事。

我和姐姐在这里过得很好。我不会用你们的措辞，说我们“玩得很开心”，但我们确实过得很自在。

向你们致以最诚挚的祝福，并希望你们的“荒谬计划”一切顺利。

你们的，

凯姿娅·柯林斯

“她的名字是凯姿娅？”埃德蒙说，“不太适合她吧？”

威廉目瞪口呆：“我们从小到大都和她生活在一起，你居然不知道她叫凯姿娅？”

“好吧，我们和她又不是……该怎么说来着？”

“不是直呼其名的亲密关系。但你还是应该知道她叫什么名字。”

“好吧，我现在知道了。”埃德蒙说，“我还是觉得这名字对她不合适。”

安娜不得不同意：“确实不合适。”

威廉叹了口气。

埃德蒙想了一会儿：“她更适合叫阿格尼斯。”他又想了想，“拉维尼娅也可以。”他点点头，好像事情就这么决定了，“是的。就是这样。拉维尼娅。”

有时，吃过午饭后，老师们会在下午带领撤离学生去郊游。这周他们在村子北边的小溪里蹚水玩石头，下周则去火车站那边的山上看羊群吃草。孩子们喜欢这样的闲逛。

但这些常规而普通的外出活动，怎么也比不上夏末等待三兄妹的惊喜。在一个星期五，学校提前放学，撤离学生来到村务大厅外面，等着巴士载他们去考文垂的一家电影院看《匹诺曹》。

三兄妹高兴极了。安娜、埃德蒙和威廉只看过一次电影，三人都认为，与柯林斯女士一起看《兰开夏郡的莱西》，简直是无法想象的事。

阿尔菲觉得这很不可思议：“你们没看过《绿野仙踪》吗？”

三兄妹摇了摇头。

弗朗西丝双臂抱怀：“《白雪公主和七个小矮人》呢？”

“没有。”安娜说。

“怎么会这样？”阿尔菲问。

埃德蒙耸耸肩：“我们的祖母不喜欢看电影。”

巴士来了，安娜兴奋得跳上跳下。埃德蒙挤在她前面，想第一个上巴士。

威廉跟着他：“我们应该坐在前面，埃德，你靠窗坐，这样就不会吐了。”

埃德蒙眯起眼睛看了看哥哥，还是坐到了第二排靠窗的座位上。安娜坐在他旁边，威廉坐在他们后面。

事实证明，这是一个不幸的选择，因为下一个上车的竟是弗朗西丝。她坐在威廉旁边的空座位上，两眼直放光。

“嗯……你好，弗朗西丝。”威廉结结巴巴地说，“我……嗯……我想安娜想坐在你那个位置。”他看向妹妹。可惜安娜坐得舒舒服服，还认为让弗朗西丝挪位子会非常尴尬。

弗朗西丝笑了：“她看起来在那里坐得很好。”

埃德蒙高兴得趴在椅背上：“是啊。安娜和我坐在一起很好。别担心。”

威廉想知道现在装病下车是不是太迟了。

弗朗西丝把裙子的褶皱弄平：“我们在电影院里也坐在一起，好吗？”

该说什么呢？我宁愿自己被这辆车的轮子碾过，也不愿在黑乎乎的电影院里坐在你旁边？“嗯……谢谢你，弗朗西丝。只是……我想我应该和弟弟妹妹坐在一起，以防他们……害怕。”

弗朗西丝瞪大双眼：“啊！你真好。”

这次是安娜转过头从靠背上瞄了一眼：“看《匹诺曹》会害怕？”

就在这个时候，卡尔小姐登上巴士，宣布在巴士向西行驶的途中，她将讲解考文垂的历史。威廉听了，竟然出乎意料地松了口气。绿色的田野在炎炎夏日中变得有些发黄，模模糊糊地从窗外一闪而过，三兄妹在车上听着熟悉的历史人物的名字和词汇，比如国王理查二世……国王亨利四世……黑死病……瘟疫……

埃德蒙觉得自己要睡着了。

“卡尔小姐，”阿尔菲的声音从车后传来，“戈黛娃夫人就住在考文垂，对吗？我爷爷告诉过我。”

卡尔小姐点点头：“确实如此，阿尔弗雷德。戈黛娃夫人确实住在考文垂。”

“她真的裸体骑过马吗？”

埃德蒙决定还是不睡了。

“是的，阿尔弗雷德。”卡尔小姐说，“我们都知道这个传说。”

巴士中部的一个小女孩举起了手。显然，她不知道这个传说：“为什么会有人裸体骑马？”

“这是个好问题，艾琳。我建议你们，骑马最好的办法其实是穿得整整齐齐。”卡尔小姐清了清嗓子，“几百年前，戈黛娃夫人是一个领主的妻子。据说她的丈夫向老百姓强征重税，她要求他不要横征暴敛，他就说，只要她不穿衣服骑马走过考文垂的大街小巷，他就降低税收。”

巴士里响起一阵倒抽气的声音。弗朗西丝看着威廉。在讨论裸体的时候，除了弗朗西丝，威廉想不出更不愿意面对的人了。

弗朗西丝又把注意力转移到了卡尔小姐身上：“她真这么做了？”

“故事里是这样说的，弗朗西丝。不过，我相当肯定——”

车厢后面传来另一个声音：“人们能看见她吗？”

卡尔小姐疲倦地叹了口气：“据传说……她派出使者告诉人们不要偷看。好了，我们继续说——”

“有人偷看吗？”弗朗西丝问。

卡尔小姐的肩膀垂了下来：“我不知道有没有人偷看，弗朗西丝。丁尼生写过一首诗叫《戈黛娃》，诗里告诉我们，一个下流粗鲁的人这样做了，结果他的眼球开始萎缩，从脑袋里掉了出来。”

“棒极了。”埃德蒙低声说道。

“孩子们，”卡尔小姐接着说，“我想我们还是继续——”

安娜异常大胆地举起了手：“她丈夫减税了吗？”

卡尔小姐点点头："据传说，他这么做了。"

安娜思考着："用这种方式来决定税收，可真奇怪。"

这部电影就像有魔力一般，即使对威廉来说也是如此，哪怕他害怕的事成真了，在电影院里坐在弗朗西丝旁边。他非常确定，在片头曲《当你向星星许愿时》响起的时候，她的手不小心碰到了他的手，但这根本不是偶然。他把双臂紧紧地抱在胸前，这样就可以尽情地享受电影了。

"华特·迪士尼太棒了。"埃德蒙说。这时，孩子们鱼贯走出凉爽昏暗的电影院，进入午后耀眼的阳光中。

在回村子的路上，威廉很有策略地选择了座位，把自己夹在安娜和窗户之间。几分钟后，她靠着他的肩膀睡着了。埃德蒙坐在她后面不远的座位上，汽车隆隆地开着，他在座位上也打起了瞌睡。

当巴士在学校门前猛地停下来时，下午的太阳已经落山了。威廉推了推安娜，她不情愿地醒了过来，用拳头揉了揉眼睛。威廉转过身，看见埃德蒙的脑袋抵着窗户，一缕细细的口水从他的嘴角流了出来。

威廉摇了摇弟弟的肩膀："我们回来了，瞌睡虫。"

埃德蒙用衬衫袖子抹了抹嘴角："这么快。"

现在，三兄妹已是图书馆的常客了。他们在回家的路上顺便去了一趟，盼着能找本新书看。他们到的时候，穆勒太太似乎准备关门，却还是热情地接待了他们。安娜太兴奋了，甚至都有点儿神经质了，几乎把《匹诺曹》的全部情节都讲了一遍。

“我想她已经知道这个故事了，安娜。”埃德蒙说。

穆勒太太笑了：“我的确知道，但我还是很喜欢听你妹妹讲。”

安娜忍不住转向埃德蒙，脸上带着得意的微笑。

“真的很好看。”威廉说，“和书一样精彩。”

“精彩得多。”埃德蒙说，立即看向穆勒太太，“对不起。”

“没关系，埃德蒙。”

“我的意思是……电影里有歌曲。书里没有。”

“我明白了。”穆勒太太说，她忍住笑，转向安娜，“关于我们的《小公主》，有什么消息吗？还是在慢慢看吗？”

“我尽可能慢慢看。”安娜说。“至少，我试着这么做。但那本书很难让人放下。萨拉被那个可怕的明钦小姐锁在阁楼上了。”

穆勒太太仔细端详着她的神情：“你想不想找一本……不那么叫人烦恼的书……一道看？”

安娜点了点头。穆勒太太闭上一只眼睛，沉思着。“《绿山墙的安妮》怎么样？”她问。

“又是孤儿的故事吗？”安娜问。

穆勒太太咯咯地笑了：“我想世界上有很多关于孤儿的

故事。”

“为什么大人们要写这么多这种故事？”威廉问道。

穆勒太太坦白说：“我还没想过这个问题。也许他们认为孩子们喜欢独立生活，没有大人指指点点、告诉他们该做什么。仔细想想，这其实很愚蠢，不是吗？”

“嗯。”威廉说，“非常愚蠢。”

小霸王双胞胎（这是埃德蒙给他们起的绰号）依然对寄宿在他们家的三兄妹冷眼相对。自从三兄妹来了以后，杰克和西蒙似乎制订了一个计划，动不动就捉弄两个男孩。一天晚上，埃德蒙的牙刷不见了。另一天晚上则轮到了威廉的梳子。他们无可奈何，只能去找弗雷斯特夫妇买新的，当被问及东西怎么会丢失时，他们只是忍气吞声，耸耸肩作为回答。

最恶劣的攻击是针对威廉的。一天早上，他在学校打开背包，发现里面洒满了看起来像木炭的碎屑。经过仔细检查，可疑物质被确定为胡椒。一连几天，威廉每次打开包取东西，都不停地打喷嚏。

安娜摇了摇头：“你们应该告诉皮特叔叔和奈莉阿姨。”

“别傻了。”埃德蒙嘟囔道，“他们不会相信我们的。”看来，自从双胞胎偷糖果的悲惨事件之后，他也有了这样的想法。

“我想他们会的。”安娜说。

埃德蒙只扮了个鬼脸："妈妈和爸爸都偏袒自己的孩子。"

"但如果他们的孩子很糟糕呢？"

"孩子们在父母眼里从来都不会糟糕。对父母来说，他们是完美的。几个脏兮兮的'撤离佬'是说服不了任何人的。"

"埃德蒙说得对。"威廉道，"弗雷斯特夫妇认为杰克和西蒙能把月亮挂起来。"

这句话让安娜吃了一惊，以前她只在哥哥提到自己的母亲时才听到过这种说法。"那可真好。"她低声说。

第九章

夏天结束了，这意味着村里的孩子们要回学校上课了。撤离学生继续他们上午的日常课程。村里的孩子们则在下午上课。现在弗雷斯特家的孩子们回了学校，很快就找到了可以抱怨的缘由。

在他们回校上课的第一周，一天晚上吃饭时，杰克夸张地摇了摇头，吞下了一块香肠。“他们当中有一个，”他指了指威廉、埃德蒙和安娜，“在我们的历史书上写满了‘撤离佬’。”

“老天。”弗雷斯特先生低声说，“这是故意破坏。”

“我知道。”西蒙说，“在他们出现之前，绝不会发生这样的事。我们把教室借给他们用，就换来这样的结果。”

埃德蒙再也忍不住了：“撤离学生为什么要在书本上写这种话？”

西蒙耸耸肩：“我想是没学过什么礼仪吧。”

“别说了，儿子。”弗雷斯特先生责备道。

埃德蒙没有理会西蒙的话。“我的意思是，”他说，

“撤离学生不会管自己叫撤离佬。确切地说，这并不是……那个词怎么说来着，威尔？”

“褒义词？”威廉道。

“没错。”埃德蒙说，“这并不是褒义词，我们又不会管自己叫‘撤离佬’，我们也不喜欢别人这么叫。所以，我们为什么要把这种话写在历史书上？那就跟你自己写……‘傻瓜[1]’……是一样的。”

“妈妈！”西蒙嘟哝道，“你不会允许他骂我吧，是吧？”

“我没有——”埃德蒙说。

弗雷斯特太太恶狠狠地瞪了埃德蒙一眼：“埃德蒙。不要再骂人了。”

“但我没有——”

威廉重重地踩了一下埃德蒙的脚，后者沉默了下来。

“一切都很好，奈莉阿姨。谢谢。”威廉起身收拾盘子。安娜马上跟了过去，埃德蒙不希望被单独留在敌人的地盘上，也跟着走了。

九月七日，伦敦遭到大规模空袭的消息传来。三兄妹聚在弗雷斯特家客厅的收音机旁，注意听有没有他们熟悉的街

---

① Simple Simon为俚语，意为“傻瓜、笨蛋”，其字面意思为“傻瓜西蒙”。——译者注

道，有没有他们听说过的建筑物、公园和广场的名字。只要提到伤亡情况，安娜就默默地掉眼泪。

杰克嘲笑她："别这么孩子气。"

"别说我妹妹'孩子气'。"埃德蒙吼道。

弗雷斯特太太叫他们安静下来："别说了，孩子们。你知道这些地方吗，宝贝？"安娜只是摇摇头，抽了抽鼻子。

威廉握住她的手："这些地方大多在伦敦南部。我们住在伦敦北部。"

"话又说回来，宝贝，"弗雷斯特太太说，"你们的祖母怎么样了？"

"嗯……我们的祖母……"威廉结结巴巴地说。

早就不在这个世界了，埃德蒙心想。

"她，嗯……和她姐姐住在沃特福德附近。"威廉恢复了镇定，说道，"就在城市的北边。"

"假如他们轰炸伦敦，那我们就完蛋了，是不是，爸爸？"西蒙问。

弗雷斯特先生脸色苍白。他关掉收音机，擦了擦额头："我不知道，儿子。我确实不知道。"

第二天晚上，炸弹又一次落在了伦敦。三兄妹开始在收听广播时咬紧牙关。到了连续轰炸的第五晚，他们听到一个记者在皮卡迪利地铁站报道，说大批伦敦人在地下一百英尺的地方寻找避难所，因为炸弹炸毁了他们在地面上的家。在连续轰炸的第十个晚上，他们听到了贝拿勒斯城号沉没的消息，船上的乘客中有一百名要被撤离到加拿大和美国的儿童。他们和我们一样，威廉心想，只是现在他们已经不在了。

在连续轰炸的第三十七个晚上，他们听到了国王的女儿，也就是年轻的伊丽莎白公主第一次发表广播演讲：

这个国家成千上万的人不得不离开家园，与父母分离。我和我的妹妹玛格丽特·罗斯都与你们感同身受，因为我们从经验中知道，远离我们最爱的人是什么滋味。你们要住在全新的环境里，对你们，我们要致以诚挚的慰问。与此同时，我们还要感谢那些欢迎你们到自己在乡村的家中做客的善良人们。

弗雷斯特太太喘着粗气：“你们能想象吗？公主居然会想着我们？”

确实如此，埃德蒙皱着眉头想，她整晚都没睡，心里一直惦记奈莉·弗雷斯特。

安娜一直想着“思念我们最爱的人”这句话。我想这对我们来说容易些，她心想，我们没有把父母抛在身后，我们只有我们自己。这本应该给她带来一些安慰，但安娜发现自己只能体会到一种空洞的疼痛。

一个秋高气爽的下午，沃伦太太带孩子们到小镇边缘的山坡上，去采最后一茬野李子。

“太好吃了。”埃德蒙低声说道。他采到了一个特别甜的李子。他和安娜、威廉一起仰面躺在阳光下，嘴里塞满了美味至极的果子，双手都被染成了紫色。不远处，一些年纪较小的男孩正忙着用棍子在山顶上挖土。

沃伦太太向他们喊道：“孩子们，你们在干什么？”

回答的是年纪很小的休：“设陷阱。”

“给谁设陷阱？”

“希特勒。”

沃伦太太叹了口气：“噢，休——”

“我们要挖一条沟，”另一个男孩插话说，“然后用树枝之类的东西盖在上面。这样一来，要是德国人来了，一准儿掉进去，我们就把他们困住了。”

沃伦太太想象一个无辜的老人掉进孩子们挖的沟中，就这么困死在里面。转念一想，她又觉得一帮孩子不可能在山坡上造成太大的破坏：“好吧，孩子们。你们都干得不错。”

埃德蒙打起精神，又下山去摘李子。在一棵果实尤为丰硕的树下，他发现了一些东西，打心眼儿里乐了起来。一条死蛇盘绕在树根之间。从外表上看，蛇刚死不久，还保留着爬行动物珠宝般的光芒。它少了一只眼睛，埃德蒙不由得产生了一种奇怪的感觉，好像它是在向他眨眼。他扫视了一下四周，偷偷地把死蛇塞进了背包。

那天吃晚饭的时候，即使杰克在桌子底下狠狠地踢了埃德蒙一脚，埃德蒙也没有泄气。他跟威廉和安娜聊了聊学校作业，跟弗雷斯特先生聊了培根短缺的问题。他一边称赞弗雷斯特太太的厨艺高超，一边想着那条蛇。

到了准备睡觉的时间，他不慌不忙地洗漱，这一点在他摆弄牙膏的时候被他的兄妹们注意到了。

“快点儿，你这慢吞吞的擦鞋匠。”安娜暴躁地说。

威廉也等得不耐烦了，希望快点儿轮到自己：“快点儿，埃德。你今晚在想什么？”

埃德蒙还没来得及回答，楼上弗雷斯特家两个儿子中的一个突然尖叫起来，声音之高，连安娜都无法企及。听到弗雷斯特夫妇惊慌失措地匆忙走上楼梯，威廉和安娜转向他们的兄弟。

威廉的眼睛睁得大大的：“你做了什么？”

埃德蒙咧开嘴笑了：“你凭什么认为是我做了什么？”

楼上的尖叫声愈演愈烈，三兄妹朝前厅走去，奈莉阿姨也大叫起来。安娜紧紧地闭上眼睛，试图想象埃德蒙做了什么，居然会引起这样的骚动。

当弗雷斯特先生迈着沉重的脚步走向前门的时候，他们终于找到了答案——他伸出的手竟然抓着一条蛇。安娜看着他把它扔进花园远处的树篱里，吓得直往后缩。弗雷斯特先生关上了门，站了一会儿，让自己镇定下来。

这时，弗雷斯特太太也下楼来了。她头发蓬乱，胸脯起伏：“有蛇。是条死蛇。在西蒙的床上。”

安娜气喘吁吁地说：“老天。”

门厅里一片寂静。埃德蒙望着地板，咬紧牙关，强忍笑意，不然他就要笑出来了。

“怎么……会有……蛇？”弗雷斯特先生问，说每个字都费了很大的劲。

威廉的声音有点儿尖：“不知道，先生。”

“不知道，先生。”安娜说，一想到某个人的床上有蛇，她简直吓得魂不附体，即使西蒙活该。

“谁知道呢。”埃德蒙说，语气太油滑了，“不知道，皮特叔叔。”

那令人不快的沉默又回来了。弗雷斯特太太用手扇着风，眼睛始终没有离开埃德蒙。

弗雷斯特先生一直打量着三兄妹，似乎过了很久很久，他才说：“好了。你们都去睡觉吧。”他直视着埃德蒙，“以后绝对不能再胡闹了。听明白了吗？”

“是的，先生。”三兄妹齐声说，然后上楼去了。

来到安娜的房间，威廉瞪着弟弟。

埃德蒙歪着头笑了笑：“得了吧，威尔。我总不能吃哑巴亏，什么都不做吧。”

威廉叹了口气，有那么一会儿，他真希望这件恶作剧是自己干的，然后他恢复了理智：“埃德蒙，这事不会有好结果的。”

* * *

有那么几天，双胞胎似乎安分了。在餐桌上，他们没有抱怨撤离学生的卫生问题。埃德蒙和威廉都没再丢东西。杰克和西蒙甚至每天早上都绕着他们的床垫走，而不是故意踩在他们的枕头上。

麻烦出现第一个迹象时，三兄妹都以为和他们没有关系。一天，安娜、埃德蒙和威廉来到学校，一进前厅就停了下来。在那里，他们看到卡尔小姐和另一名老师正盯着后面的墙，墙上用黑色油漆写着“撤离佬”几个大字。

从他们站的地方，三兄妹只能断断续续地听到老师们的谈话。

“我们该怎么做……”

“……八成是我们的学生干的……”

“……于事无补……”

这时，前厅里已经挤满了前来上课的撤离学生。孩子们看到入口遭到破坏，倒吸气的声音接连响起。卡尔小姐镇定下来，拍了拍手示意大家注意听。她的声音特别尖锐：“孩子们！立即上楼上课！”

沃伦太太见到三兄妹，露出了一抹悲伤的微笑，摇了摇头。

“他们认为是撤离学生干的吗？”威廉问。

“我想是的。”沃伦太太点了点头，“认为是你们中有人做出了这样的事，真是太荒谬了。”她叹了口气，“然而，作为村里的客人，我们和人家不熟，因此最容易被怀疑。”说着，她招呼三兄妹坐下。

那天下午，三兄妹来到图书馆，发现门上挂着一个牌子，上面写着：为胜利掘土，准备春种！里面摆着三张长桌，上面放着一盘盘泥土、磨损的铁锹和手套。还有几个信封，上面用工整的印刷体写着：胡萝卜、欧防风、甜菜、土豆、萝卜。安娜皱了皱鼻子。

穆勒太太从衣帽间出来，满身都是汗：“孩子们！恐怕这里有点儿乱。我要为村里的人讲解怎么种菜。你们知道的，就是鼓励人们把黄杨木挖出来，腾出地方种萝卜，到了春天就能收获了。”她用手臂擦了擦额头，“但你们八成不是来看萝卜种植示范的吧？”

“安娜讨厌萝卜。”埃德蒙说。安娜担心，自己不爱吃菜这事在穆勒太太眼里将成为一个缺点。而穆勒太太的意见对她很重要，即使是萝卜这种无关紧要的问题。

穆勒太太只是笑笑：“我九岁时也不喜欢。就蔬菜而言，萝卜太辣了。”

安娜松了一口气。

“别让我们耽搁你了，穆勒太太。”威廉说。

穆勒太太又抹了一下额头：“我想我应该做最后的准备了。你们想看什么就去看吧，希望园丁们不会妨碍你们。”

事实证明，园丁们不可能造成太大的破坏，因为包括穆勒太太在内，只有六个人。弗洛伦斯，也就是安娜听到的让穆勒太太介绍种菜经验的老太太，是第一个到的，接着又来了两个年龄相仿的老妇人和一对头发花白的老夫妇。

“诺拉，亲爱的，”弗洛伦斯说，“伊芙琳·诺顿已经为妇女志愿服务队请了一位讲师，月底做讲解。我也是刚刚听说的，要是因为这事儿导致今天来的人数不够，那我非常抱歉。”

穆勒太太的脸沉了下来：“我知道了。”

“我们先坐一会儿，看看还有谁会来。”

“当然。”穆勒太太声音里的颤抖是那么清晰，“请自便，弗洛伦斯。”

安娜从书架上抬起头，只见穆勒太太盯着窗外，手指扭动着。过了一刻钟，安娜看到她低声和几个老妇人说了什么。安娜看到穆勒太太抚平裙子，看了看手表，又深吸一口气，不禁觉得她的心都要碎了。穆勒太太最后看了一眼窗外，建议现在就开始。

“穆勒太太，允许儿童参加吗？”威廉问。

埃德蒙克制住了抗议的冲动。与此同时，安娜觉得自己从来没有像现在这样爱自己的大哥，因为他肯站出来拯救穆勒太太。

穆勒太太请孩子们坐下。

“老实说，这个世界到底需要多少种土豆？”三兄妹在回弗雷斯特家的路上时，埃德蒙问。种菜演示并没有他想象的那么无聊，这虽算不上什么了不起的赞美，但原本他以为这是无聊至极的事。

“得了吧，埃德，没那么糟。”威廉说，“我们帮助了穆勒太太。她对我们很好。我只是在还人情而已。”

“我喜欢听各种土豆的名字。”安娜说，“它们听起来像皇室成员……像什么国王爱德华七世、约克公爵、五月王后……”

“请停下来。”埃德蒙恳求道。

“那时候才来了几个人，她看起来很伤心。”安娜说，“她到底做过什么，让人们这样对待她？”

埃德蒙叹了口气：“也许是因为她总是聊起土豆。”

那天晚上吃饭的时候，安娜提到了种菜介绍会。

弗雷斯特太太只是噘了噘嘴：“你们这些孩子，怎么会去参加种菜介绍会？”

“我们不是专门去参加的。”威廉解释说，“我们只是在那里看书时赶上的。”

“好吧。”弗雷斯特太太接着说，“会有一位部里的代表来介绍种菜，我相信会比穆勒太太介绍的好得多。”

“她似乎对土豆非常了解。”安娜说。

“确实。”弗雷斯特太太说。很明显，她想改变话题。

杰克和西蒙非常乐意帮助她，急切地表达他们对破坏学校建筑行为的愤慨。

“根本擦不掉。”西蒙告诉大家。

“那些字是黑色的，还很粗。”杰克附和道。

“只能重新粉刷。老维修工今天下午就开始工作了。”

“恐怕得多刷几层才行。”杰克补充道。

弗雷斯特先生对着餐盘摇了摇头：“这个世界到底怎么了？要担心的事太多了，现在还有一些小流氓出来添乱。谁会做这种事？”

“爸爸，所有的老师都说一定是某个撤离佬干的。”杰克看着妈妈说，“对不起，妈妈。我是说其中一个撤离学生。就像老师说的，他们中的很多人从一开始就没有学过恰当的礼仪。”

埃德蒙感到威廉的脚再次重重地踩在自己的脚上。

晚饭后，三兄妹取出帆布背包，在客厅里做作业。一个很小但很重的东西突然从埃德蒙的包里掉了出来，砰的一声，落在光亮的地板上。他吓了一大跳。过了一会儿，他才明白那是什么。就在这时，弗雷斯特太太出现了，她在厨房里听到一声巨响，便出来看个究竟。“如果有人刮坏了我的木地板——”她说着，猛地停了下来。

滚到地板和墙壁交汇处的，是一罐黑油漆。

埃德蒙愣了一会儿，心里纳闷儿，不知怎么会有一罐油漆跑到他的背包里去了。然而，当他感到弗雷斯特太太灼热的目光时，他突然恍然大悟。

他睁大眼睛看着她："这不是我的，奈莉阿姨。"

弗雷斯特太太眼睛都没眨一下。

埃德蒙转向安娜和威廉："你们知道那不是我的！你们知道我不会的！"他受到了冤枉，气得两颊通红。

弗雷斯特太太的脸和埃德蒙的脸相反，变得像纸一样白。她把目光从油漆转移到三兄妹身上，然后又转回来。她的下巴绷得很紧，好像说不出话来："这样的事……不能姑息。"

弗雷斯特先生来了，看着这一幕，他的目光落在了埃德蒙身上。

"不是我！"埃德蒙喊道，"我发誓！"他知道现在责怪双胞胎纯属徒劳，但除了说出真相之外，没有其他可以为自己辩护的办法，"是杰克和西蒙。一定是！他们从一开始就和我们过不去。请相信我！"

埃德蒙绝望地看了弗雷斯特先生一眼。弗雷斯特先生先看了看妻子，又看了看光着脚站在客厅里的三兄妹。"孩子们，"他说，"你们不会真认为杰克和西蒙会做这样的事吧？"

埃德蒙踉跄着后退。"肯定是他们干的。"他用极为尖锐的声音说，"因为不是我干的！"

弗雷斯特太太只是瞪着埃德蒙，不知怎的，她的眼神既冰冷，又闪动着怒火。

弗雷斯特先生疲倦地叹了口气："我们明早得跟学校

谈谈。”

埃德蒙说：“您不会把我们赶出去吧？”他瞥了一眼安娜泪痕斑斑的脸，觉得自己的心都要碎了。当那条蛇在李子树下向他“眨眼”时，他万万没有想到事情会变成这样。妹妹在他身边默默哭泣，而他们都意识到了一件事：他们不仅可能失去家，还会失去监护人。而罪魁祸首正是他自己。

“我和奈莉需要单独商量一下现在的问题。”弗雷斯特先生说，字字句句都很费劲，“现在，你们去睡觉吧。”

孩子们在弗雷斯特太太阴沉而沉默的注视下上楼去了。

杰克和西蒙可能会幸灾乐祸，两个男孩自知无法面对，只得跟着安娜来到了她的卧室。埃德蒙坐在地板上，威廉和安娜坐在床上。眼泪一滴接着一滴地顺着安娜的脸颊流下来。房间里的寂静被她偶尔的抽泣声打破。

埃德蒙实在受不了了：“你们都知道不是我干的，对吧？”

“当然。”威廉答，“你一直都和我们在一起。”

埃德蒙怒视着哥哥：“但是，就算我没有和你们在一起，你们也该知道我不会做这样的事，对吗？”

片刻的停顿足够在埃德蒙的心上戳出一个洞。

“当然。”威廉说。

第十章

第二天早晨步行上学的路上弥漫着严肃而焦虑的氛围。弗雷斯特夫妇已经给学校打过电话了，安娜、埃德蒙和威廉并没有听到他们说了什么，但他们此刻紧张而沉默地走在三兄妹身边，这已经说明了三兄妹需要知道的一切。三兄妹不能继续住在弗雷斯特家了。

威廉紧紧抓着安娜的手。埃德蒙走在后面，心怦怦直跳。当然，他与破坏公物的行为没有任何关系，但蛇的事确实是他干的。要是他没有这么做就好了……好吧，现在后悔也晚了，他心想。他试图摆脱胃里的恶心感，但没有成功。

一行闷闷不乐的五个人在学校里见到了卡尔小姐和村里的住宿管理员诺顿太太。两个女人都严厉地看着孩子们，显然相信他们所犯的过错被抓了个正着。

埃德蒙想这可能是他为自己辩护的最后机会了：“卡尔小姐，那不是我做的！”

卡尔小姐厉声道：“年轻人，你别再说话了。”

埃德蒙看着地板。威廉和安娜早就在端详各自的脚了。

诺顿太太把注意力转向弗雷斯特太太："奈莉，皮特，我对这一切感到非常抱歉。你们的情况一定很糟糕。"

弗雷斯特太太瞥了一眼三兄妹："确实如此，伊芙琳，我很震惊。埃德蒙说他与此事无关，但当证据从他的背包里滚出来时，我们该怎么办？我还要考虑我的孩子们。"

"这是当然，奈莉。当然。毫无疑问，你和皮特应该休息一下了。后面的事就交给我们吧。"

弗雷斯特先生转向三兄妹。"我们祝你们好运。"他说，"真的，这是真心话。"他望着弗雷斯特太太，她只是简单地点了点头。然后，他们就走了。

诺顿太太转向卡尔小姐："那好吧。现在的问题是再找个住处。我们这里大部分有地方接待撤离学生的人家都接收了你们的学生，基本上都满了，不过更换住处的事也很常见。下午，我一定能找到。"

安娜抽泣着说："穆勒太太呢，就是图书馆的那位女士？"

诺顿太太扬起眉毛："她不合适。"

安娜挺直了脊背："但我想她没有招待撤离学生，而且——"

诺顿太太双手叉腰："诺拉·穆勒不适合接收撤离学生。"她转向卡尔小姐，明确表示她无意与孩子们讨论这件事，"就像我说的，朱迪思，给我一天时间来解决这个问题。我应该可以在下午三点左右给你答复。"

“当然。”卡尔小姐答，“非常感谢你的理解。我非常遗憾。”

诺顿太太点了点头就走了。

卡尔小姐狠狠地瞪了埃德蒙一眼：“你知道你不光彩的行为将我置于什么样的境地了吗？”

“不是我。”埃德蒙低声说，两颊发红，“不是我干的。”

“油漆罐是自己跳进你背包里的？”

“当然不是！”埃德蒙不再细声细语，“是弗雷斯特家的两个儿子偷放进去的。他们从一开始就想把我们赶走！”

“这是真的。”威廉说，偷偷看了弟弟一眼，“杰克和西蒙一直跟我们过不去……”

“够了。”卡尔小姐说，“这样指责你们的寄宿家庭，简直就是没良心。不要再讨论这件事了。明白了吗？”

埃德蒙低下头，认命了。

“很好。”卡尔小姐继续说，“你们三点钟到这里来，看看你们的新住处在哪里。”她依次看了每个孩子一眼，便沿着走廊走了，一边走还不忘一边训斥他们，“如果我再嗅到一丝麻烦，我一定亲自去跟你们伦敦的家人说……”

“那将是一次非常有趣的谈话。”埃德蒙低声说。

“听着，埃德。”威廉与弟弟对视，“昨晚的事我很抱歉。我应该替你说话的。我知道不是你干的……我们两个都知道。”

安娜点头表示同意："我们应该站在你这边的。"

埃德蒙心里还在刺痛，他想不出该怎么回答："上楼吧。我们要迟到了。"

埃德蒙被宣称的不光彩行为是否会传出去，孩子们不得而知，但现在能继续每天的正常生活，他们三个都心存感激。

上完课，照例在村务大厅吃过午饭后，他们都做好了思想准备，想去图书馆寻找慰藉。

穆勒太太在服务台边织着毛线。"下午好，孩子们！这么快就回来还书了？"她放下针，"弗洛伦斯·休斯刚来……学校里好像出事了吧？"

威廉还没来得及权衡，就脱口而出道："不是埃德蒙干的。真不是。"

穆勒太太对孩子们扬起眉毛："当然不是。谁说是他干的？"

三兄妹面面相觑，埃德蒙松了一口气。最后，是安娜开口，讲述了事情的经过。不过不是全部，她省去了他们三个是孤儿的部分，但杰克和西蒙的坏心眼、床上的蛇、油漆……所有这些，她都说了。埃德蒙的眼睛盯着地板，但当安娜讲完这个凄惨的故事，他抬头看穆勒太太，惊讶地发现她眼里含着泪水。

"埃德蒙，非常抱歉。"她吸了吸鼻子，"为了一件没做过的事而受到指责，这确实极为不公。"

热泪即将夺眶而出，埃德蒙咬着下唇，拼命把眼泪忍了回去：“谢谢。”

穆勒太太目不转睛地看着他：“你真把死蛇放在那家孩子的床上了？”

埃德蒙的目光又回到地板上，羞愧的脸颊再度烧了起来：“是的，我那么做了。”

穆勒太太考虑了一下。她双臂环抱在胸前，嘴角掠过一丝微笑：“你做得好。”

差几分到三点的时候，三兄妹艰难地向学校走去，神情非常忧郁。

“如果他们把我们分开怎么办？”安娜问。

“他们不能。”埃德蒙回答。

“他们要是想这样做，我们就打电话给恩格索尔先生，让他来解决。”威廉补充说，“也许……我的意思是，人们说事情的发生是有原因的。也许新的住处正是我们需要的，就是恩格索尔先生说的那个地方。”

“当然。”埃德蒙说，“其他的住处都有人住了，剩下哪里，我们就会被丢到哪里。我肯定，在这个住处，我们一定可以找到新的爸爸妈妈，他们会永远爱我们。”

威廉噘起了嘴：“有这个可能。”

卡尔小姐在学校里见他们：“你们很幸运，孩子们。诺顿太太给你们找了个住处。虽然会很挤，但我想你们能接受。”

安娜松了一口气，埃德蒙的肩膀稍稍松了一点儿。威廉向卡尔小姐道谢，并表示他们能应付。

卡尔小姐只是扬起了眉毛。“对了，弗雷斯特先生把你们的东西送来了。”她指了指整齐排在门边的行李，“走吧。不需要我提醒你们了吧，你们三个都必须好好表现。我够忙了，不想再因为行为问题继续为你们寻找住处。”

埃德蒙张开嘴想为自己辩护几句，哥哥却用胳膊肘飞快地撞了一下他的肋部，他只好又闭上了嘴。

“是的，女士。”威廉说，“我们明白了。”

下午变冷了。埃德蒙把袜子拉得高高的，威廉扣好安娜的外套。孩子们脖子上挂着防毒面具，提着行李箱开始了长途跋涉。卡尔小姐领着他们来到教学楼后面的一条窄巷。他们经过了一个小公园、一排整洁的房子、一个老旧的酒馆。之后，他们又过了三条小巷，四周的风景似乎失去了许多色彩。接着，他们来到了一片非常拥挤的区域，那里矗立着一座座暗褐色的破旧房屋。卡尔小姐在其中一家门前停了下来，她查看了一下写字板，确认地址是利文斯顿巷4号。她在门上重重地敲了一下。

三兄妹在门外等候的时候，门内突然响起了婴儿的哭声，那哭声越来越大。卡尔小姐最后警告地看了他们一眼。一个女人打开了前门，而哭声的来源被她挎在腰间。

女人打量了他们一番：“那么，你们就是新来的撤离学生了？”

她走到一边，把他们都领进一间光线昏暗的前屋，地板上散落着衣服和自天花板掉落的灰泥碎片，而天花板上布满了蜘蛛网。空气中弥漫着刺鼻的煤烟和未洗的亚麻衣服的臭味。屋内的陈设极为简陋，只摆着两把磨损的椅子和一张破旧的小桌子。房间里并不比外面暖和多少。

两个还穿着尿布的小女孩坐在地板上，瞪大乌黑的眼睛盯着三兄妹。另一个稍大一点儿的女孩则在房间另一边望着他们。婴儿继续尖声号哭。

那妇女把小婴儿从腰部的一边移到另一边：“上一批撤离学生转去了德文郡的一个阿姨家，我上个星期看护他们的钱还没拿到。”

卡尔小姐慌了手脚：“啊……嗯……真抱歉，格里菲斯太太。我可以帮你查一下。非常感谢你愿意接收新的撤离学生。”

那个女人——孩子们猜想她就是格里菲斯太太——什么也没说，只是转向他们，好像在等他们介绍。

威廉咽了口唾沫，走上前去：“我是威廉·皮尔斯，太太。这是我的弟弟埃德蒙和妹妹安娜。”

“好的。”女人说着，先指了指哭泣的婴儿，又指了指其他几个孩子，“这是小罗伯特，她们是简和海伦，厨房旁边的那个是佩妮，她是老大。”她又转向卡尔小姐，“补贴还是一样的，对吗？你知道，我们需要钱。我丈夫鲍勃去打仗了，我能做的就是养活我的孩子们。”

到了此刻，三兄妹才知道别人招待他们还可以赚钱，突然很庆幸弗雷斯特夫妇从没提起过这件事。

卡尔小姐看上去也吃了一惊：“是的……嗯……第一个孩子付你十六块，另外两个孩子各付八块和六块。他们的配给口粮也会给你，村里将继续给他们提供午餐。”

“好的。就这些吗？”

卡尔小姐僵硬地点了点头，打起精神准备离开：“再次感谢你，格里菲斯太太，谢谢你的帮忙。”她递给威廉一张明信片，“把这个寄给你们的家人，告诉他们你们的新地址。”她打开门，转身最后看了三兄妹一眼，“你们三个，明天早上学校见。”

安娜抓住威廉的一只手，紧紧地握着。

格里菲斯太太关上门，仔细打量着他们，婴儿尖厉的哭声还在继续。“好了。你们睡在楼上。我的孩子们暂时和我一起睡，所以前卧室归你们用。把东西拿出来，安顿好。”她领着孩子们穿过一间小厨房，这里烧着燃煤炉，明显比前屋暖和。孩子们跟着格里菲斯太太走向厨房后面的狭窄楼梯时，都俯身去取暖。他们提着箱子咚咚地往上走，迈到第四级时，楼梯发出了可怕的吱吱声。

楼梯顶端有两扇门。格里菲斯太太打开一扇，带孩子们进去。房间的唯一一扇窗户上贴着破旧的防空纸，屋里感觉更像是在午夜而不是下午。格里菲斯太太打开一盏落地灯。

除了一个夜壶、一个空苹果箱和地板上的三张草编的床垫外，没有其他家具了。唯一能看到的被褥只有一条毯子。

“我已经让妇女志愿服务队的那个女士多送些毯子来了，”格里菲斯太太说，“但她抽不出时间。”她又把孩子们上上下下看了一遍，“你们三个衣着很光鲜啊，是出身富贵家庭吗？”

由于不知道怎样回答才合适，三兄妹只能看着地板。

格里菲斯太太眯起眼睛看着他们：“你们的家人不会每个周末都过来，指望我做饭给他们吃吧？上一批撤离学生就是这样，我不会容忍的。你们知道，我又不是开旅馆的。”

“如果我们家的人来了，我会很惊讶的。”埃德蒙说。

威廉轻轻地咳嗽了一声：“不会。我认为这不成问题。”

格里菲斯太太指着夜壶说：“佩蒂在房后。”通过其与夜壶的关系判断，三兄妹推断佩蒂是指户外厕所。我才不要学这个词，安娜心想。

“把行李收拾好。”格里菲斯太太说，“晚饭前我得照顾罗伯特。”他们沿着过道走远了，婴儿还在哭。

三兄妹环视了一下他们的新卧室，接着又面面相觑。“好吧，至少我们是在一起的。”威廉说。

埃德蒙坐在一张床垫上：“我不知道我们中谁值十六块。或许是你，或许是安娜。女孩可能比男孩更有价值。”

这个说法并没有让安娜振作起来。

威廉看到一滴眼泪从她的脸颊上滑落。他把她拉到怀里："安娜，会好的。一定会的。"

安娜擦了擦自己的脸颊："这个也不是。"

"不是什么？"

"命中注定要和我们在一起的家庭。我们还没有找到合适的家。"

埃德蒙叹了口气："安娜，你不会真信恩格索尔先生的计划会成功吧？"

安娜含泪盯着二哥，她的目光已经给出了回答。事实上，她确实相信。

三兄妹与格里菲斯太太的第一次用餐平安无事地过去了。小婴儿吃饱了，安静地睡在煤炉旁一个铺着毯子的篮子里。简、海伦和佩妮显然已经吃过晚饭了。这么做是为了方便，因为桌边的椅子不够所有人同时坐下吃饭。女孩们坐在炉子另一边的地板上，玩着玩具飞机和一个脏兮兮的洋娃娃。

咸牛肉和煮白菜安抚了三兄妹饿得直痛的胃，格里菲斯太太则在一旁念叨着家里的日常生活，以及她对他们的要求："星期一是洗衣日。星期五晚上可以洗澡。我有需要了，你们要来帮忙，还要帮着打理好家里。"

直说要做家务就好了，埃德蒙心想。

"你们会做什么？"格里菲斯太太问。

三兄妹摸不准她最喜欢哪一种能力，一时间不知该如何回答。

我喜欢读书，安娜心想，我可以读书给那些女孩听。

埃德蒙思考着自己具有哪些技能：我把蛇放在讨厌鬼的床上，害得我和哥哥、妹妹被赶了出来。

威廉委婉地回答道："我们很乐意尽力提供帮助。"

"你们会做饭吗？"

安娜双眼一亮："我知道怎么做吃的。在伦敦的时候，管家教过我。"

格里菲斯太太的表情凝固了："管家？噢。真是好极了，不是吗？"孩子们不停地转动着碗里的叉子。

饭吃好了，威廉急于证明他们可以照顾自己，便开始收拾桌子。格里菲斯太太用家里唯一的水龙头往水槽里灌了水，只洒了一点点肥皂片，威廉就开始用一小条法兰绒擦洗盘子，然后把盘子递给格里菲斯太太擦干。埃德蒙用另一条法兰绒擦桌子。看着这块被煤灰染黑的布，他忍不住皱起了鼻子。

与此同时，安娜走近地板上的孩子们。她想，自从她、埃德蒙和威廉来了以后，她们就没有发出过一点儿声音，这实在叫人不安。她对幼儿知之甚少，不过一向认为他们要比眼前这几个小姑娘吵闹得多。注意，不是婴儿罗伯特的那种吵闹，但肯定比这几个要吵。

"你们好。"她试探地说，"那个洋娃娃真可爱。它叫什么名字？”

海伦没有回答，只是把娃娃递给她，安娜猜她只有两三岁。安娜温柔地接过娃娃：“她很漂亮。”

“该睡觉了，小家伙们。”格里菲斯太太说着，把最后几只碗放在架子上，把睡着的婴儿从篮子里抱起来，然后招呼她的女儿们。“晚安，你们三个。”她对三兄妹说。小家伙们和妈妈一起，蹒跚地走上摇摇晃晃的楼梯，留下安娜、埃德蒙和威廉在厨房里思考接下来该怎么做。

“我想是时候去调查一下佩蒂了。”威廉说，他的下巴绷得紧紧的，“我先去，回来告诉你们。”

安娜和埃德蒙很高兴哥哥愿意去侦察，赶忙点头表示鼓励。威廉走进黑暗的后院，他们就坐在餐桌边等着。

“要是我们有手电筒就好了。”埃德蒙说。

安娜的声音颤抖起来：“你说这里有蜘蛛吗？”

“很可能。”

几分钟后，威廉探险回来了。“没那么糟。”他说，冻得鼻子通红，“不过，要是有可能，我们还是应该在学校和图书馆里方便。”威廉在埃德蒙的肩膀上打了一拳，祝他好运，然后用厨房水龙头里的冷水洗了手。

埃德蒙很快回来了，所用时间只有威廉的一半：“我发誓我在里面的时候，有什么东西在我的腿上爬。”他不禁打了个哆嗦。

安娜瞪大了眼睛。

埃德蒙把手伸到水龙头下面："轮到你了，安娜。"

"我不去。"安娜小声说。

埃德蒙擦干了手："你当然要去，傻瓜。"

"我不去。"安娜又说，她的下巴在颤抖。

威廉用一只胳膊搂着她："我和埃德蒙陪你去。"

"什么？"埃德蒙气坏了。

"我们陪她去。"

"我才不要再出去，我当然也不可能在每次她半夜想尿尿时都陪着她！"

"我又没说每次都陪她。我只是说现在。我们和她一起去。"威廉向安娜伸出一只手。

埃德蒙站在那里，最后，安娜恳求的目光说服了他。"就今晚。"他气呼呼地说，"但我不要牵任何人的手。"

三兄妹在卧室微弱的灯光下换上了睡衣。他们都穿着袜子爬上床垫，安娜在中间，哥哥们躺在她的两侧。他们把那条毯子盖在身上。房间里的温度还可以忍受，但每个人都在心里担心，等真正的冬天来临了，他们该怎么过。

"这些床垫太粗糙了。"安娜小声说。

"明天就能多拿到几条毯子了。"威廉道。

"我渴了。"埃德蒙说。

威廉叹了口气："那就下楼喝杯水。"

"不是那种渴。"

三个人沉默了好一会儿，安娜才开口说话："给我讲讲，威廉。"

威廉闭上眼睛，聚精会神。他发现越来越难想出故事讲给弟弟妹妹听了："对了。我想起一个。妈妈还是个小女孩的时候，很想成为一名出租车司机。"

安娜笑了："真的吗？"

"出租车司机？"埃德蒙嘲笑道，"她为什么想当出租车司机？"然而，在内心深处，埃德蒙觉得开出租车听起来是个不错的职业。

威廉坐了起来："我差点儿忘了，我们还没给柯林斯女士写信。"他有些不情愿地站起来，拿起卡尔小姐留给他们的明信片，又爬回毯子下面，趴着写信。

亲爱的柯林斯女士：

愿你收到明信片时一切安好。我们想让你和恩格索尔先生知道，我们换了一个住处，现在和一个叫格里菲斯太太的女士住在一起。撤离学生经常换住处，但我们三个人仍然在一起，这是最重要的。

致以最诚挚的问候。

威廉、埃德蒙和安娜

埃德蒙越过威廉的肩膀看着，再次对哥哥感到惊讶。"愿你收到明信片时一切安好。"天哪。不过，他忍住没吭声，很高兴威廉没有提及他们换住处的原因。

“我们来听个睡前故事吧。”威廉建议道，“我们读什么呢，安娜？”

“我不想听女孩子的书。”埃德蒙抗议道。

安娜生气了：“我不看‘女孩子’的书！”

威廉选择了阻力最小的办法：“那好吧。我们从埃德蒙昨天借的书开始。那书看起来不错。”

埃德蒙高兴地把手伸进背包，拿出《五个孩子和一个怪物》。他把书递给威廉，威廉等到弟弟妹妹都躺好了才开始读。第一章的标题相当鼓舞人心：“漂亮得认不出来”。

第十一章

尽管三兄妹是听着关于白色大房子、花园和精灵许诺的美好故事进入梦乡的，但在新住处的第一个晚上，他们睡得很不踏实。床垫粗糙扎人，小罗伯特尖锐的号哭声以及格里菲斯太太去安抚他时踩在地板上弄出的咯吱声不时响起，不时将他们从睡梦中吵醒。

早上，三兄妹听到婴儿被抱下楼，他们也迅速穿好衣服，踮着脚尖走了下去。在厨房里，他们发现格里菲斯太太正在搅拌一锅燕麦粥，被她挎在腰间的罗伯特正在呜咽。

“睡得好吗？”格里菲斯太太问。

“是的，太太，睡得很好，谢谢您。”威廉回答说。埃德蒙和安娜惊讶于他竟说得如此令人信服。

“你们一个帮我抱着孩子，其他人去摆餐具。”

“好的，太太。”孩子们异口同声地说。

小婴儿罗伯特毫无异议地任由安娜抱着，安娜真是又惊又喜。他摇摇晃晃地把一只小拳头伸向她的脸，开始用手指摸索她的嘴。如果他鼻子里没有流着青色的鼻涕，他的屁股上没有摸起来明显感觉湿软，抱着这个小宝宝，实在是相当不错的体验。

格里菲斯太太给三兄妹各舀了一碗粥。“牛奶只够给女孩们喝。她们很快就起床了。”她说，“找你们的老师要你们的配给证，再问问毯子的事，好吗？上学前把餐具洗好。”说完这一番不太客气的告别，她抱着孩子回楼上去了。

那天早上，学校的教学楼给三兄妹带来了慰藉，至少在看到卡尔小姐站在讲台后面那令人不快的样子之前是这样的。他们默默地坐下来，猜想沃伦太太什么时候来。

“孩子们。”卡尔小姐开口了，她的声音夹杂着一丝异乎寻常的颤抖，“我非常遗憾地通知大家，沃伦太太在可预见的将来都不能和我们在一起了。她昨晚得到消息，她丈夫在北非牺牲了。”一阵低语声传遍教室，“我不知道她什么时候能回来。在这期间，我将负责你们班的教学工作。”又一阵嗡嗡声在学生中回荡，“我认为，我们的第一项任务应该是给沃伦太太写信，让她知道我们惦记她。”卡尔小姐重重地吞了吞口水，“孩子们，请拿出纸和铅笔。你们写完信后，把信送到我的桌上。”说完，她便把注意力转向了面前的一沓文件。

安娜的眼眶红了。

“我知道你会想念她，安娜。”埃德蒙说，“我们都想她。”

安娜抽泣着：“我不是为自己哭，埃德蒙。我在为她哭泣。你怎么能这么无情？”

埃德蒙把双臂交叉在胸前，转过身去，为安娜误解了他的真心而感到刺痛。

阿尔菲在座位上转过身来。“我来告诉你什么叫无情。”他低声说，“让疖子怪卡尔小姐当我们的老师，就是无情。”安娜冷冷地瞪了他一眼。

给沃伦太太的信一封接一封地送到了老师的桌上。然后，孩子们开始上课。在某种程度上，他们很高兴沉浸在卡尔小姐布置的作业中。分数减法、把亨利国王各位妻子的名字背下来，绘制地形图……反正总好过将思绪沉浸在失去和悲剧中。

在村务大厅吃过午饭后，卡尔小姐送给三兄妹一个惊喜：他们的配给证和两条妇女志愿服务队送来的羊毛毯子。然而，更受欢迎的是他们的图书馆之旅，这是他们三天来第三次去了。孩子们有一件要紧事要办，他们担心住处变了，借书证也会失效。

穆勒太太有些惊讶地迎接了他们：“天哪，孩子们……你们又回来了……你们还带了毯子来！”她笑了，“那么，你们是要睡在这里吗？”

要是这样就好了，安娜心想。威廉解释了毯子的事。

穆勒太太的脸蒙上了阴影：“你们住在谁家里？”

“格里菲斯太太和她的孩子们。”威廉说。“在校舍后面，过几条街就是。她丈夫去打仗了。”

穆勒太太没听说过这家人：“但愿她是个善良的人吧。”

孩子们并不习惯回应这种话。格里菲斯太太并不是不好……却也谈不上善良。

威廉的停顿比他说的话更能说明问题：“是的，她很善良。”

穆勒太太继续眯着眼睛看着孩子们：“孩子们，我希望那里对你们来说是个幸福的家。在回到家人身边之前，你们应该拥有一个好住处。”

威廉深吸一口气，回到正题。“我们想知道，”他说，“住处换了，我们还能不能继续使用借书证？”

穆勒太太点了点头：“当然。只要让格里菲斯太太来填写新的借书证，就可以了。”

孩子们的脸都沉了下来。格里菲斯太太来图书馆的可能性，就和企鹅去月球一样微乎其微。

安娜答道：“只是……”她结结巴巴地说，“只是……嗯……格里菲斯太太有好几个小孩。我不确定她能不能来，而且……”她的声音渐渐消失了。

穆勒太太留意到了他们焦虑的表情。“我明白了。”她说，“好吧，没有我最好的书虫可不行，不是吗？你们只是需要一个大人来签字，既然我就是个大人，那就让我暂时做你们的家长来签字吧，好吗？”

穆勒太太只是提出为他们在图书馆借书作担保，可想到她做他们的家长，安娜就觉得太美妙了，甚至都不敢去深思了。“非常，非常，非常感谢您。”她说，强忍着才没有伸出胳膊搂住穆勒太太、紧紧抱住她，虽然她非常想这么做。

“是的，非常感谢，穆勒太太。”埃德蒙附和道，“您真是个热心人。”

穆勒太太听到这句夸奖，脸红了：“好吧，孩子们……今天要我帮你们再选几本书吗？还是说，你们是专门为了借书证来的？”

安娜又开口了：“我想我可以借几本书给格里菲斯太太的孩子们读。我想她们没有书。”

“啊，亲爱的。”穆勒太太听说这样的惨事，不由得摇了摇头，“有你做她们的姐姐，她们真是太幸运了。”说完，她从服务台后面走出来，帮安娜去挑书。

三兄妹回到利文斯顿巷，门一关上，格里菲斯太太就双手叉腰从厨房出来了：“我看到你们拿毯子回来了。配给证呢？”威廉把手伸进裤兜，掏出了配给证。

“这表示家里可以多三个鸡蛋了。”格里菲斯太太咯咯一笑，“嗯……到厨房来。我需要你们帮我把报纸撕了，佩蒂用得上。”

埃德蒙做了个鬼脸，但三个人还是动手干了起来。格里菲斯太太搅动着炉子上的一只锅，不时转过身去照顾在篮子里越来越烦躁不安的婴儿。佩妮躺在门口，哼着小曲。简和海伦正在吵个不停，争抢着一辆玩具卡车，直到格里菲斯太太转向她们，用嘶哑的声音说："你们能不能别吵了？小宝宝被你们吵得心烦气躁，我脑袋也疼了。"

安娜想起了借来的书："要不要我给她们读书听，格里菲斯太太？我今天下午从图书馆给她们借了几本书。"

"她们还不识字，但如果这能让她们别再吵了，那就去做吧。"

安娜很高兴不用再撕报纸，她把手指上的油墨洗掉，以免弄脏图书馆的书。她弯下身子，用最成熟的声音对着小姑娘们说话："想听故事吗？"她牵着海伦和简的手，吩咐佩妮也跟上。她领着她们走到前屋，挑了两张较大的椅子，把简抱到自己的腿上，又拍了拍自己两边的位置。另外两个小女孩也爬了上来。安娜以恰到好处的戏剧腔清了清嗓子，读了起来："第一章：我们认识了维尼熊和一群蜜蜂，故事开始了。"

小女孩们似乎很满足于坐在安娜身边，而安娜只是偶尔停下来，要求她们不要再碰书页，因为她担心书页会变得黏糊糊的。埃德蒙和威廉在厨房里听着，虽然两人都不承认，但他们尽情享受着每个字。当安娜读到维尼熊把自己伪装成一朵小乌云，用一个蓝色的气球飘到有蜂蜜的树的顶端时，埃德蒙的嘴唇不自觉地跟着她一起动起来。

"小笨熊[1]。"

第二天，三兄妹被一阵奇怪的啪嗒声吵醒了。威廉翻了个身，想看看是什么在响，他的手却落在了地上一个冰冷的水坑里。三兄妹发现原来是卧室天花板漏雨了。雨水从灰泥的裂缝中渗出，沿着地板流到了威廉的床垫边上。现在，床垫底面都湿透了，变得沉甸甸的。埃德蒙和安娜的床垫倒是没湿，但三个人都把床垫靠在离渗水的天花板最远的墙边。他们很快穿好衣服，庆幸自己的衣服不在水流的路径上，然后匆匆下楼。格里菲斯太太还没有起床，于是威廉从煤炉上方的架子上挑了一只大锅，搬到楼上接漏下来的雨水。

安娜按照柯林斯女士教她的方法开始煮粥。她量了燕麦和水，把它们放在煤炉上煮开，每隔几分钟就搅拌一下，她很高兴能靠近火炉。埃德蒙和威廉摆好餐具，然后在水龙头下洗脸，这时格里菲斯太太带着她的孩子们出现在楼梯上。

"早上好。"她打了个哈欠，把婴儿放在篮子里，朝粥锅里看了一眼。她皱起了眉头："你放了多少燕麦？"

安娜犹豫了一下："我只是按照我在伦敦学到的方法来做的。"

"看样子，你把今天和明天的燕麦都用掉了。"

安娜的脸颊腾一下红了："非常抱歉，我不是故

① 这是对维尼熊的爱称。——译者注

意的。”

格里菲斯太太双臂交叉环抱在胸前，眯起眼睛看着安娜：“我不知道你的管家教了你什么，但你知道，这里的钱很紧，日子也并没有因为定量配给变得好过。”她用勺子把粥舀进碗里，气哼哼地用力把碗放在桌上，每次都会发出咚的一声。

安娜低头看着自己的早餐，泪水灼痛了她的双目。“对不起。”她又说。

格里菲斯太太没有回答。威廉把手伸到桌下，拉住了安娜的手。她喝了一小勺粥，味道有些苦。或许这只是那个早晨的味道。

兄妹三人冒着瓢泼大雨去上学，简直是一场灾难。安娜和格里菲斯太太之间的不愉快使他们都变得烦躁不安。

埃德蒙挠了挠脖子：“睡在那床垫上，我浑身都是痒的。”

“至少你的是干的。”威廉说。

“我不喜欢这里。”安娜插嘴说。

“我们都不喜欢。”威廉说，“但我们必须随遇而安。听诺顿太太的话，好像没有太多选择。听着，”他叹了口气，又说，“我们午饭后再去一次图书馆，好吗？”

到了下午的时候，图书馆确实是一个受欢迎的地方。角落里的火噼啪作响，孩子们觉得他们从来没有见过这么美妙的东西。安娜尽可能慢慢地看《小公主》，现在只剩下一章没看了。她发现再也拖不下去，于是从背包里取出那本珍贵的书，打算在这里看完。

穆勒太太推着一辆小手推车从历史区出来。“我说，孩子们，这里倒是有几个常客，但没有一个像你们这样来得这么勤。”她注意到孩子们的外套湿漉漉的，“天气很糟糕吧。你们快来烤烤火。”她推着车往后退，孩子们快步跑到了壁炉边上。

埃德蒙开始脱鞋。他仰面躺在地板上，穿着袜子的脚搁在壁炉的格栅上。

“埃德蒙！”威廉斥责道，“把鞋子穿上！赶快坐起来！这里又不是你的卧室！”

埃德蒙伸了个懒腰：“这倒是真的，因为我们的卧室没有生火。只有屋顶上的一个洞不停地漏进雨水。我都快冻僵了，穿着这双鞋我的脚很疼。”他闭上眼睛，把头枕在手上。

安娜今天已经被骂得够多了，她惊恐地看着穆勒太太从后厅回来。在她看来，只穿着袜子躺在图书馆里会被人瞧不起的。

穆勒太太看到了这一幕：“嗯，我敢说这是我第一次看到有人在图书馆里脱了鞋只穿袜子！”

埃德蒙连忙坐起来，感到一种再熟悉不过的羞耻感。

穆勒太太转向威廉和安娜：“我鼓励你们两个以你们的

兄弟为榜样。”

安娜松了一口气，立刻脱下了鞋子。威廉起身去选一本新书，这时埃德蒙扬起眉毛，咧嘴一笑，对着哥哥远去的背影吐了吐舌头。

那天下午，当孩子们到达利文斯顿巷时，格里菲斯太太面红耳赤地迎接他们。“总算回来了！”她的喊声盖过了罗伯特的号哭，“又去看书了吧？”她指了指篮子里的婴儿，“看好孩子们。”她说，“我有事要去找邻居太太。”

佩妮、简和海伦从厨房里出来，安娜把尖叫的婴儿从篮子里抱出来。她摇晃着，走来走去，尽量让他安静下来，但孩子身上散发着阵阵恶臭。她认为这个问题只能靠一块干净的尿布来解决，然而，三兄妹对这种事一无所知。

“你从来没为我这么做过吗，威廉？”安娜说。

“你穿尿布的时候，我还没大到会换尿布。”

“好吧。”安娜派埃德蒙去找干净的尿布，她则把尖声哭泣的婴儿放回篮子里，然后开始检查他身上那块尿布的结构。

威廉越过她的肩膀看了看：“看起来就和你打包野餐三明治差不多。”

埃德蒙拿着干净的尿布回来了，皱了皱鼻子：“那可真是非常糟糕的三明治。”

“好吧，”安娜说着深吸了一口气，“我想没有什么可说的了。”取下别针后，她把那块臭气熏天的东西往后揭了一两英寸，由于不愿过于仔细地检查现场，她只用脏尿布尽可能地擦了擦宝宝的屁股。她屏住呼吸，把脏尿布卷成一团，递给埃德蒙处理。他拒绝了，只好由威廉把脏尿布拿进洗涤室。

面对着婴儿那扭动着的小小身体，三兄妹有些犹豫不决。这给他们上了宝贵的一课，让他们知道在换尿布时，速度最重要。一股水流突然从婴儿裸露的身上喷出来，正中埃德蒙的胸膛。他僵住了，接着开始双脚倒换着跳来跳去，气不打一处来。他觉得恶心极了，憋得满脸通红，受到了如此奇耻大辱，他只能不停地呻吟。

佩妮、简和海伦觉得这一幕非常有趣，如果不是她们咯咯笑了起来，安娜和威廉兴许还能忍住笑。结果，除了埃德蒙，大家都歇斯底里地笑了起来，笑得肚子都痛了。如此一来，安娜想要叠好干净的尿布、别上别针就更难了，但她还是完成了这项工作，而罗伯特终于安静下来了。

那天晚上是洗澡之夜，虽然对某些人来说，每周只洗一次澡可能让人觉得不卫生，但如此一来，就连埃德蒙也很高兴有机会洗个澡，而他通常都认为身上脏一点儿也没什么害处。在热水里好好泡个澡，听起来惬意极了。然而，在利文斯顿巷沐浴，并不是一件惬意的事。

一个锡盆放在煤火旁，里面盛满了在炉子上加热过的水。一家人轮流擦洗身体，而从天花板垂下来的床单并不足以保护隐私。格里菲斯太太带着小婴儿先洗，洗完把水倒了，换了新水给佩妮，然后是简和海伦一起洗，最后才轮到兄妹三人轮着洗。他们在书上见过这样洗澡的方式，很高兴至少不必用前面的人用过的水。这个狭小的家里有八口人，总共用了三个小时才洗完。三兄妹洗干净后回到楼上，但瑟瑟发抖，精疲力竭。威廉的床垫昨晚被雨水弄湿了，到现在还没干，他和埃德蒙只好把另外两个床垫推到一起，他们三个人一起睡。埃德蒙抱怨这样太挤，心里却暗自高兴，因为他们挤在一起很暖和，可以抵御寒冷。

威廉大声地给他们读书，但即使是故事的魔力也无法分散他们的注意力。他读完后，安娜的声音从毯子下面传来。

"给我讲讲，威廉。"

威廉只想闭上眼睛进入梦乡，但他依然在脑海中搜寻着合适的小故事。他发现他能想到的只有洗澡的夜晚。"结婚的时候，妈妈和爸爸在毛巾上绣了他们的名字。"

安娜的声音又从毯子下面传来："他们的名字？"

"嗯，他们名字的首字母。"

"为什么？"埃德蒙问，"怕有人偷他们的毛巾吗？"

"不是的，傻瓜。"威廉说，"大人们都这么做。"

孩子们终于睡着了，思考着成年人做事为什么总是分不清轻重缓急。

第十二章

即便是星期六，三兄妹也没有机会享受悠闲时光。格里菲斯太太要他们替她去采买：“我列了一张单子，你们跑一趟杂货店和蔬菜水果店，还要去面包店和肉铺。”一想到将要再次见到弗雷斯特先生，三兄妹无不满心焦虑。

“钱在这里。”格里菲斯太太说着，递给威廉一个零钱包，“还有配给证。记住，不论买什么，都得要收据回来，别想着多买什么。”她看着安娜，安娜感觉自己的心都碎了。

“是的，太太。”她低声说，“我的意思是，不会的，太太。我们不会买额外的东西。”

三兄妹在伦敦时很少购物，即使去了，也总是由柯林斯女士负责。他们谁也没有将缺乏购物经验的事告诉格里菲斯太太，只是扣好大衣以御寒，便出发了。

路上，威廉边走边看购物清单，发现格里菲斯太太把“人造黄油”这个词写错了。他们先去的是杂货店，这很容易找，一看到从前门一直排到拐角的队伍，就知道了。大约过了四十五分钟，他们才进到了店内。孩子们开始寻找大麦、燕麦片、人造黄油和牛奶。

“没有果酱？”埃德蒙越过威廉的肩膀看着清单。

威廉又检查了一遍：“没有果酱。”

埃德蒙又看了看：“也许她只是忘写了呢？”毕竟，一个男孩是可以做梦的。

这一站结束后，孩子们继续向蔬菜水果店走去，那里也排起了一串长队。威廉很高兴可以趁机放下手里的奶瓶，他敢肯定，这些奶瓶已经比在杂货店时重了一倍。进店后，孩子们找到了卷心菜和土豆，却不见洋葱。

蔬菜水果商穿着白色围裙，长得很像兔子，他告诉三兄妹没有洋葱：“不过，我们有大葱，要是你们的妈妈是个有创意的人，倒是可以用它来代替。”

埃德蒙心想，创意这个词与格里菲斯太太根本不搭。

“大葱和洋葱是一样的价钱吗？”威廉问道。

“要贵一点儿。”

威廉转向埃德蒙和安娜：“那么我们该怎么办？是不买，还是用大葱代替？”弟弟妹妹只是耸耸肩。威廉咽了口唾沫，转身面对柜台：“我们要大葱。”

接下来是面包店。这时已经过了中午，三兄妹一打开店门，一股美妙的香味就扑面而来，他们的肚子顿时打起了鼓。“真想不到买东西要用一整天。”埃德蒙说，“她肯定不会要求我们到了下午茶时间，还什么都不吃吧。我们就不能买一片面包三个人分吃吗？”

威廉摇摇头：“除非你愿意亲自向她解释。”

安娜的肚子在咕噜咕噜叫。

弗雷斯特先生的肉铺是最后一站。“她要买猪蹄和猪肝。”威廉看着清单说。

“简直糟透了。”埃德蒙低声说。他觉得很恶心，他也说不清自己的胃里直翻腾，是因为想到了猪蹄和猪肝，还是因为即将见到弗雷斯特先生。

“我憋不住了。”安娜说。她看了看前面排队的顾客，双脚不停倒换着。

“不能等回到格里菲斯太太家再上吗？”威廉问。

安娜交叉着双腿。

过了将近半个小时，孩子们才排到队伍前面。弗雷斯特先生在柜台后面。忙了一天，他身上的白围裙沾着斑斑血迹。他看到他们时吓了一跳。“下午好，孩子们。”他带着生硬的微笑说，“希望你们三个在新住处都过得很好。”

“是的，先生。”威廉回答。

“你们和谁住在一起？”

“我们和格里菲斯太太住在一起，过了学校再走几条巷子就是。”

“啊，对了。我认识萨莉·格里菲斯。”

“她要我们来买猪蹄和猪肝。”威廉继续说。他把配给证和剩下的钱放在柜台上。

弗雷斯特先生看着钱："孩子们，要买猪蹄和猪肝，这点儿钱不够。她只给了你们这些钱吗？"

"是的。"威廉看着自己的脚说，突然意识到自己缺钱花，真不舒服，"这是我们第一次自己出来购物，也许有的东西没选对。没有洋葱，我们就……"威廉突然想到弗雷斯特先生可能对洋葱不以为然，于是话说到一半就说不下去了。

弗雷斯特先生越过孩子们的肩膀看了看后面的顾客，然后俯身在柜台上，压低了声音："那就这样吧，好吗？你们花钱买格里菲斯太太要的猪蹄，至于猪肝，就不要钱了。"

孩子们都不知道该如何回答，只好不知所措地表示感谢。埃德蒙简直不敢相信自己会感谢别人免费送给自己猪肝。

弗雷斯特先生消失了一会儿，回来时拿着两个用牛皮纸整齐包着的包裹。"好了，孩子。拿去吧。"他顿了顿，随即放低声音，再次向他们探了探身，"在我家发生的事，我很抱歉。"

弗雷斯特先生为什么道歉？他改变主意了？他知道埃德蒙是无辜的了？他知道是他的儿子们干的？孩子们觉得自己永远也找不到答案了。

"只是……好吧……"弗雷斯特先生继续说，"你们需要什么，尽管来找我。”

威廉点点头。“谢谢您，弗雷斯特先生。”他犹豫了一会儿，“我们现在就有一件事要请您帮忙。”

弗雷斯特先生期待地看着他们。

“安娜可以用一下您的厕所吗？”

孩子们拖着沉重的步子回到格里菲斯太太家，他们提着大包小包，累得胳膊酸疼。打开门，迎接他们的是惯常的嘈杂声。婴儿在哭，简和海伦揪着彼此，在地板上滚来滚去，佩妮用木勺有节奏地敲打着锅底。

格里菲斯太太打开餐桌上的食品杂货。威廉认为最好在她发现大葱之前解释清楚。

“谁告诉你大葱可以当洋葱用的？”

“蔬菜水果商。”威廉说。

格里菲斯太太继续查看着购物袋里的东西，一边检查一边核对收据。

“收据上没有猪肝。”

“是的。”威廉答，“我们是最后去弗雷斯特先生的肉铺的，当时钱不够了，他就把猪肝送给了我们。”

“他做了什么？”

“他把猪肝给了我们，没有收钱。”

“他为什么这么做？你们告诉他我没钱？”

“不是的，太太。我们只是告诉他，这是我们第一次购物，我觉得他是很同情我们。您知道的，我们之前就住在他家里。”

“只要你们没告诉别人我缺钱就行了。”

“不会的，太太。”

“我家鲍勃走了快两个月了，我连一分钱军饷都没瞧见，只能找邻居借钱过日子。”格里菲斯太太开始把杂货收起来。

“关于您丈夫的事，我很抱歉，格里菲斯太太。”威廉低声说。

她是否听见了他的话，她未作表示，只是把燕麦片罐头放在橱架上。然后她转向佩妮：“别吵了！”她只说了这一句话。

他们来到格里菲斯太太家的几个星期后，收到了柯林斯女士的一封信。威廉在楼上的卧室里读信给弟弟妹妹听。

亲爱的安娜、埃德蒙和威廉：

邮差送来你们的信，我非常高兴。我想住处一定是经常更换的，毕竟战争让每个人都保持警觉。

我和姐姐还撑得住，不过我们在后院的安德森住了许多个晚上，这对我的风湿病造成了相当大的影响。不过，我不能抱怨，伦敦的情况太糟糕了。

我真心希望你们三个在新住处过得好。你们在信里没有多做介绍。但愿那个“荒谬计划”能顺利进行。

爱你们的，

凯姿娅·柯林斯

埃德蒙心想，那确实是个荒谬的计划，我早告诉过他们，这完全就是异想天开。

“什么是风湿病？”安娜问。听起来像是被风吹病了，她想，但肯定不是这样。

“是一种老太太会得的病。”埃德蒙答。

安娜看了看信：“柯林斯女士竟然睡在姐姐后院的洞里，想想都觉得可怕。”

“后院的洞可能都比这里暖和。”埃德蒙说。

“嗯。”威廉喃喃地说，他的目光变得悠远起来，“我想我们倒是不用担心这种事。我们用不着睡在安德森防空洞里。”

“格里菲斯太太家也没有。”安娜说。

埃德蒙点点头：“也许这样最好。要是她的防空洞像她的房子一样，那里面的气味肯定让人无法忍受。”

在某种程度上，关于安德森防空洞的讨论是有先见之明的。那天深夜，三兄妹躺在床垫上，突然从远处传来一阵可怕的隆隆声，打破了寂静的黑夜。

埃德蒙用毯子裹好身子，站起身来，走到窗前，想透过遮光纸上的一个小裂口往外看。“什么也看不见。”他用食指把裂口扩大了一英寸左右。

安娜和威廉也凑上前。那响声仍在继续。

“可能是打雷了。”安娜说。

埃德蒙摇了摇头：“现在可没有暴风雨。”

三兄妹再次透过纸上的破口往外看，只能看到地平线上有光芒闪烁。若是换一个时间，换一个地点，这完全可以成为一道美景。

“你们说，那是什么地方？”埃德蒙低声说。

威廉努力使自己的声音保持稳定：“我不知道。可能是考文垂。我想那里有制造厂，制造飞机、军火之类的东西。”

安娜抓住威廉的手。她毫不掩饰自己声音里的颤抖：“你认为他们会轰炸我们这里吗？”

“不会的。”威廉尽可能肯定地说，“这里没有工厂。没有什么有价值的目标。”他用尽所有的力气，给了安娜一个有力的拥抱，可就连他自己也陷入了莫名的恐惧中。

她也紧紧地拥抱着他：“要叫醒格里菲斯太太吗？”

“叫她有什么用？”埃德蒙问。

威廉认为埃德蒙说得很对。格里菲斯太太不大可能给他们带来多少安慰。“我们还是接着睡觉吧。”他让安娜躺回毯子下面，再次抓住她的手。他们就这么躺在那里，听着远处的轰隆声。

埃德蒙在窗边待了很久，眯着眼睛盯着那美丽却也可怕的亮光。

格里菲斯太太没有收音机，所以直到第二天早上到了学校，威廉关于轰炸的猜测才得到了证实。

“是考文垂。”卡尔小姐脸色苍白，“我不知道细节，但我知道情况很糟糕。”

“考文垂离这里只有几英里。”弗朗西丝说。

卡尔小姐纠正她：“实际上是有二十五英里。”

“但仍然很近。”弗朗西丝说，“假如德国佬的炮弹偏了，就可能击中我们。”几个较小的孩子看起来快哭了。

“二十五英里是一段很长的距离，弗朗西丝。”卡尔小姐说，决定现在不能让全班陷入恐怖无法自拔。

阿尔菲举起了手：“没有那么远，卡尔小姐。有一次在奶奶家，我骑脚踏车就骑了这么远。德国佬的炮弹要是偏了，二十五英里不算什么。”

“够了，孩子们。”卡尔小姐道，不过她的语气不像往常那样严厉，“我们在这里真的很安全。”

阿尔菲又举起了手：“他们击中电影院了吗？”学生们都想起了那次去看《匹诺曹》的美好经历。那好像是很久以前的事了。

卡尔小姐叹了口气：“我不知道，阿尔弗雷德。我认为有比电影院更重要的地方需要担心。”

“比如呢？”

“比如……工厂、教堂、人们的家。”

“妈妈说看电影对保持道德很重要。”

“我想你的意思是保持士气，阿尔弗雷德。”

“有什么区别？”

“道德指是非感。士气则表示一种积极的精神。”

阿尔菲耸了耸肩。此时此刻，三兄妹谁也拿不出积极的精神。

第十三章

时间一晃又到了星期六。早餐的时候，格里菲斯太太给三兄妹下达了新的指令。她要出门买东西，所以让安娜替她照看女儿。接着，她又对埃德蒙和威廉说道："今天，你们两个要帮忙抓老鼠，听到了吗？"

埃德蒙和威廉对视了一眼。

"那是要做什么？"埃德蒙问。

"城外的大农场要捕杀老鼠，每年一到两次。拿着老鼠的尾巴去找捕鼠员，他会按数量付钱的。我们需要这笔钱。"

埃德蒙想了想，说："我们要怎么做呢？"

"到了那儿以后，农场的人会教你们的。镇上的其他男孩也去。我家鲍勃在战前就经常去帮忙。这钱很容易赚。"

"那我们怎么去那儿呢？"埃德蒙追问道。

"走路去。穿过广场，有一条路通向小镇南边，叫汉诺威街。对，就是这个名字。但是他们可能已经把路牌撤走了，因为不想让德国人看到。沿着那条街向南走，两旁都是农场，连起来有好几英里呢。我刚才说了，镇上的男孩都会去，遇到他们以后，就知道怎么走了。别磨磨蹭蹭的。一会儿就要开始了。”说完，她就上楼照顾孩子去了。

“我不想一个人待着。”安娜轻声说道。一旁的威廉正准备清洗盛粥的碗。

埃德蒙双臂环抱在胸前，说：“我不想抓老鼠。”

“我觉得咱们没得选。”威廉一边说，一边放下手中的抹布，“你不是一个人，安娜，还有格里菲斯太太的女儿和你一起呢。”

“但我才九岁，还不够大。”

其实，威廉一点儿也不愿意去抓老鼠，所以并不认为妹妹有多可怜：“给她们讲讲故事就行了。没让你去杀老鼠，你就应该知足了。”

说完，埃德蒙和威廉便向妹妹眨眨眼，道了别。他们朝着广场走去。天气寒冷，兄弟俩不得不把外套裹得严严实实的。正如格里菲斯太太说的那样，他们果然看到前面走着两个男孩，一个手里拿着一块木板，另一个拿着一段粗壮的树枝。埃德蒙和威廉追上前去，发现其中一个竟是阿尔菲。他和寄宿家庭的兄弟在一起，那男孩名叫欧内斯特，胖乎乎的，看起来很和善。

欧内斯特向他们保证，自己是捕杀老鼠的高手。

“我抓过很多次了。”他说，“好吧……其实就两次。”

“那你是怎么抓的呢？”埃德蒙问。

“他们堵住了所有的老鼠洞，只留下两个，用水管往一头灌水，等着老鼠从剩下的那个洞口出来。”

“然后呢？”阿尔菲问道，全神贯注地等待着答案。

欧内斯特耸耸肩：“把老鼠打死。”

他们不可能错过农场。路边有几个长长的牛棚和几个比牛棚稍小一点儿的棚子，欧内斯特说那些是猪圈。走进农场后，他们看到了其他同龄的男孩，想必也是来抓老鼠的。人群中有几条小狗跑来跑去。有几个年纪较大的农夫，正拿着桶和铲子到处走动，检查老鼠洞是否已经被堵好。孩子们猜测正是因为他们上了岁数，不适合参战，才能留在这里。

其中一个农夫走近埃德蒙和威廉几人。尽管十一月气温很低，但他还是擦了擦额头上的汗：“你们有没有带棍棒之类的东西？”其他男孩出示了他们携带的工具，只有埃德蒙和威廉摇了摇头。那人把他们领到一个谷仓，那儿的角落里堆满了破旧的木板。埃德蒙选了一块板子，然后看向威廉。

“有没有想过我们会做这样的事？”他的眼睛里闪烁着因恐惧而折射出的兴奋的光芒。

威廉什么也没说，只是慢慢地摇了摇头。他的心怦怦直跳，肚子还有点儿不舒服。

又一个上了年纪的农夫从谷仓后面走出来，展开一根破旧的水管。他把喷嘴一端插在谷仓门附近的地上，就像把灯插进插座里一样。

“都知道怎么做吗，孩子们？”

当然不知道，威廉想。他还没看到《百科全书》中以字母R[1]开头的部分，但此刻他确信书上不会有任何关于灭鼠的建议。

大部分男孩都点点头。当期待达到顶峰时，一阵躁动不安的低哼声在人群中传播开来。与之同时传开的还有一只小狗发出的呜咽声，它似乎知道接下来要发生什么，兴奋到开始颤抖。

“注意不要急着冲出去，以免伤到其他人，伙计们。”那个农夫建议道。听到这话，男孩们纷纷看向身边的人，一边把手里的家伙举到肩膀上，一边判断着安全距离。

威廉紧张得咬了咬下嘴唇。埃德蒙则闭上眼睛，不敢喘气。兄弟俩不约而同地想到了一个主意：只要躲在后面，让其他人冲到前面，就可以躲过这一劫。但他们又担心，若是两手空空地回去，可能会被格里菲斯太太责罚。

“准备！”一个农夫喊道，并给谷仓后面用水管灌洞口的人打了个手势。

“数到三就开始，伙计们。准备好了吗？”

没有，埃德蒙和威廉心想。

---

① 老鼠的英文单词是rat，此处指威廉从未在书上了解过任何关于老鼠的知识。——译者注

"一！二！三！"

没有老鼠跑出来。

至少有一分钟的时间，兄弟俩唯一能听到的声音就是自己耳朵里的轰鸣。农场里的一切声响——穿过苹果园的微风和牛棚中奶牛的哞哞声——都被恐惧和期待带来的心跳声掩盖了。威廉和埃德蒙茫然地站在那儿，想着同一件事：也许水管坏了；也许根本就没有老鼠；也许还有一些洞口没堵上，老鼠已经逃到远处的田野里去了。

就在这时，第一只老鼠出现了。它几乎是从洞里飞出来的，当它察觉周围的情况后马上定在原地，一动不动。威廉和埃德蒙从它那圆溜溜的小眼睛里看到了恐惧。有那么一会儿，老鼠不敢动弹，捕鼠人们也没有动作，就这样大眼瞪小眼地看着彼此。但当那只老鼠终于开始行动时，空气中那道无形的咒语被打破了，一个体形较大的男孩举起旧板球棒向老鼠砸去。

即使还没有听到球棒撞击地面的声音，埃德蒙和威廉也知道这只老鼠必死无疑了。他们听到老鼠的身体被男孩一棒打碎的声音，感到一阵恶心。他们不由得向后退了一步，战战兢兢地放下武器。抓老鼠可真不是开玩笑的。

然而，兄弟俩没有时间为这个不幸的生物哀悼。越来越多的老鼠从地洞里涌出来，吱吱的叫声不绝于耳。周围的人开始迅速行动起来，纷纷举起手里的家伙朝着受到惊吓的老鼠挥舞起来。许多人都没有打中目标，反而把老鼠们吓得四处逃窜，最后变成其他男孩的猎物。那些狗似乎就是为这项任务而生的，它们一下子就逮住了老鼠，提起来，像甩鞭子那样晃荡起来，用一种高效且致命的方式折断老鼠的脖子，然后丢到一边。

看着身边的男孩们一只接一只地干掉老鼠，威廉和埃德蒙感觉呼吸都变得不顺畅了。阿尔菲也和他们一样，看得呆住了。欧内斯特已经杀掉了一只老鼠。现在，他正举起武器寻找下一个目标。就在这时，他看到了威廉和埃德蒙。他的眼神涣散却狂野。

“动手啊！你们两个!你们在干什么？”他喊道。

威廉看着此时被这喧嚣裹挟、一声不吭愣在原地的弟弟，他的眼中盛满了泪水。威廉一把抓住他的胳膊：“你不用抓老鼠，埃德。我去抓两个来，然后咱们就回去，把钱交给格里菲斯太太，以后再也不来了。你什么也不用杀。”

埃德蒙不愿用这种残忍的方式掠夺一条鲜活的生命，他从未如此迫切地希望哥哥能替自己出头，好让他心里好受些。但最终，他咬紧牙关，深深地吸了一口气。“我可以的。”他用微弱的声音说，“我们一起。”兄弟俩互相凝视了好一会儿，然后转身加入捕鼠大军。

一只肥硕的老鼠刚好躲开了某个男孩的攻击，想从埃德蒙和威廉中间逃走。埃德蒙连忙挥棒，差一点儿就击中了逃得飞快的老鼠。霎时，这只啮齿动物又转向威廉。这回轮到威廉举起木板，他闭上眼睛，狠狠地敲了下去。

即使双眼紧闭，他也知道自己打中了目标。老鼠的身体被击碎了，他都能听到骨头断裂的嘎吱声。威廉深深地吸了一口气，强忍着不让自己吐出来。威廉睁开眼，发现老鼠残破的身体在他的脚边抽搐，他抬起头，看向弟弟，泪水盈满了他的眼眶。

埃德蒙无法把目光从那只死老鼠身上移开，这给了另一只老鼠从他身边溜走的机会。威廉的视线被泪水遮挡，他只能胡乱地挥舞着木板，最终只击中了它的尾巴。这一下让老鼠受了惊，它飞快地跑回埃德蒙那里。埃德蒙举起手中的武器，重重地挥落木板，但仍旧没有打中。威廉抬起一只胳膊，用袖口擦了擦眼泪，再一次发起攻击。打中了！和刚才那只老鼠一样，这一只也倒在兄弟俩的脚边，身体不停地抽动着。威廉再也忍受不住，赶忙转过身，把胃里的东西一股脑地吐在身后的土地上。吐完以后，他弯下腰，双手撑在膝盖上，大口喘着气。“够了。”他喘着粗气，“够了。不用再抓了。”

埃德蒙浑身颤抖，哆哆嗦嗦地吸了一口气。他俯身来到哥哥身边，说：“没事了，威尔，没事了。”

混乱的场面渐渐平息下来，兄弟俩仍然维持着俯身弯腰的姿势。他们身边的几个男孩也同样感到不适。有一两个也像威廉一样吐了一地。还有一小部分人似乎对此很在行，他们杀气腾腾，不想停手。埃德蒙飞快地想了一下，抓老鼠这种场面肯定不能和真正的战场相提并论，真正的战场一定更可怕。

威廉轻轻地擦了擦鼻涕：“一个字也别告诉安娜。”

“我不说。”埃德蒙低声说，紧紧地抱着自己的胳膊，一股寒意透过他汗湿的衬衫袭来。

威廉和埃德蒙从捕鼠员那里拿到了六便士，然后就离开了农场。两人都不想和欧内斯特或阿尔菲聊这一上午发生的事。他们一言不发地往回走。

直到山顶教堂的尖顶进入眼帘，埃德蒙才开口说话：“我原本可以做到的，你知道的。我尽力了。我只是……失手了。”

威廉没有抬头：“我知道，埃德，没关系的。我很高兴你没有真的打死老鼠。任何人都不应该强迫自己做这样的事。”

埃德蒙沉默了很长时间，才再次开口：“谢谢你。”

“我说过的，你不必勉强。”

“我知道，只是……谢谢。”

“没事的。”说着，威廉的眼泪又流了出来。

“真的，谢谢你，不只是今天，还有……我不知道……所有的事，谢谢你照顾我和安娜。”

威廉吸了吸鼻子。“没关系的。”他又说了一次。

埃德蒙把手伸进大衣口袋里：“你觉得我们会找到一个合适的领养人吗？那样你就不用再这样辛苦了。”

“那些合适的人，可不会排着队等我们去挑，对吧？”

威廉的声音听起来疲惫不堪，那是一种来自内心深处的疲惫。

埃德蒙苦笑着说："也许我们应该问问那个农夫。你抓老鼠这么厉害，我打赌，他会觉得领养我们很划算。"

威廉勉强挤出一丝微笑："希望我们能撑到战争结束，然后再想办法。"

"六便士？"当兄弟俩把挣来的钱放在厨房桌子上时，格里菲斯太太尖叫起来，"剩下的钱呢？"

埃德蒙瞥了威廉一眼，等着他回答。但他没有开口。

"只有这么多。"埃德蒙说。

"不可能只有这么点儿。怎么回事，一人就抓了一只？"

"是的，太太。"

"忙了大半天，一人就抓了一只老鼠？"

"是的，太太。"

"把你们的口袋翻出来。"格里菲斯太太不满地说。

"什么？"埃德蒙看向威廉，但威廉还是什么也没说。安娜站在楼梯下面安静地看着。

"把口袋翻出来。你们把剩下的钱都藏起来了，是不是？"

"我们什么都没藏！只有这些！"

埃德蒙越来越气愤，每说一个字，他的声音就拔高一点儿。

“你们在回家的路上花掉了，是吗？买糖吃了？”

埃德蒙几乎要喊出来了：“只有这些！”

“那你们两个到底干了什么？去那儿看热闹吗？”

埃德蒙偷偷瞥了威廉一眼，威廉只是轻轻地摸了一下自己的鼻子。“不是的，太太。”埃德蒙说，试图压低声音，“我们都尽力了……这真的……很困难。”

“我来告诉你什么是困难。”格里菲斯太太说，“养六个孩子外加一个婴儿还一毛钱拿不到，这才叫困难。”她停顿了一下，但是没有人接她的话，“你们三个都给我上楼去，在我喊你们之前不准再下来了。”

埃德蒙和威廉倒是很乐意自己待着，但他们又想先把手洗干净，希望尽早摆脱杀生带来的心理阴影。但现在不是提这种请求的时候，两兄弟立刻抬腿往楼上走，安娜跟在他们后面。

“很糟糕吗？”卧室的门一关上，她就问道，“是不是和我想象的一样可怕？”

“都是威廉抓的。”埃德蒙说。

“抓老鼠啊，我连想都不敢想。”安娜继续说，“不是说我同情老鼠，只是想到要亲手杀掉……”她打了个寒战，“你是不是对准脑袋敲下去的？”

埃德蒙瞧了威廉一眼，哥哥一直保持着沉默，这叫他越发感到不安：“是的。”

“你是不是要盯着老鼠，等到内脏被敲出来，然后再……”

“别说了，安娜。”埃德蒙说。

“我只是……”

“别说了，安娜，真的别再说了。”

一时间，兄妹三人谁都没有开口，气氛略显紧张。过了好一会儿，安娜才开口说话：“你觉得她会让我们下去吃晚饭吗？我饿了。”

“我也饿了。”埃德蒙叹了口气，“但我觉得，比起饿，我更累。”

安娜眼前一亮：“你给我们读会儿书吧，威廉，别再想这些不开心的事了。”

威廉终于开口了：“我不太想看书，安娜。对不起。”

“我来吧。”埃德蒙说。

安娜和威廉一齐看向埃德蒙。

“真的，威尔已经做得够多了。”埃德蒙在他的东西中翻了一通，拿出了《五个孩子和一个怪物》。

威廉看着埃德蒙翻开书，像打量一个初次见面的陌生人一样打量着弟弟。

到了现在这个时节，天气已经非常寒冷了。广场周围的树木光秃秃的，干枯的树枝在风中咔嗒作响，昭示着冬天的到来。各家门前都堆满了落叶，空气中弥漫着泥土和丁香调料的气味。

兄妹三人已经开始习惯格里菲斯太太家的饭菜，也习惯了吃不饱饭的滋味。他们原本就不是特别挑食的孩子，只不过现在的他们来者不拒，无论摆在眼前的是什么菜色，他们只想大口大口地吞下去。吃完饭，他们会伸着舌头，把盘子和碗的边缘舔干净。他们当然知道这是非常粗鲁的行为，但他们也会宽慰自己：总要先把肚子填饱。

十一月底的一个下午，三兄妹坐在图书馆阅览室的壁炉旁，全神贯注地翻阅着他们刚选好的书。穆勒太太坐在服务台，忙着织毛衣。总而言之，这画面看上去十分和谐。

埃德蒙看的是《柳林风声》。起初他并不想看这本书，因为安娜最近刚刚看完，他不想跟着妹妹或者任何人看。但是穆勒太太说服他试着读一读。埃德蒙对书中蟾蜍的不幸遭遇非常感兴趣。现在他看到蟾蜍因为偷了一辆汽车而被关进了监狱。他正读到狱卒的女儿端着茶出现……

热腾腾的黄油吐司切得很厚，两面都烤得变了色，大滴金黄色的黄油从吐司中间汩汩流出，仿佛蜂巢里源源流淌出的蜂蜜……

埃德蒙看得口水都要流出来了。他的肚子开始咕咕地叫了起来，就连远处的传记区都能听到。

“图书馆里怎么会这么吵？”穆勒太太故意挑了挑眉

毛，开玩笑地说。接着，她仔细地观察了兄妹三人很长一段时间。然后，她柔声说道：“你们三个看起来有点儿憔悴。寄宿家庭的生活费还充裕吗？”

三兄妹没想到穆勒太太竟这样直白地问了起来。每个人都默默地思考是否要告诉她真相，但是承认自己吃不饱饭还是叫人不太好意思。

威廉给出了一个典型的委婉回答：“格里菲斯太太已经尽了最大的努力，配给什么的……”

穆勒太太听懂了，她的眉头不禁皱了起来。她从壁炉旁的座位上站起来，一言不发地消失了。过了一会儿，她拿着一个锡罐回来，用指尖撬开了盖子。“我在衣帽间放了一罐饼干，以备不时之需。”她把罐子放在炉子边，“敞开吃吧……不要客气。”

嗅着饼干的香味，三兄妹倍感温暖，这种温暖来自黄油和糖这一对奇妙的组合。三兄妹开始吃起来。穆勒太太坐回椅子上，又开始织毛衣。她时不时停下来，偷偷看一眼三兄妹。在她的坚持下，他们一块接一块地吃着，直到罐子空了。他们用力吞下最后一口饼干后，向穆勒太太表示了感谢。穆勒太太从未想过有一天她会这样招待三个孩子。又或许，她早就想这样做了。

第十四章

十二月是三兄妹在乡下生活的第六个月。和其他孩子一样，三个孩子都在长身体。到现在为止，他们的衣服还算合身，只是埃德蒙的鞋小了很多，他已经习惯了把鞋后帮踩在脚下趿拉着穿。

这天早上，三兄妹都非常高兴，因为卡尔小姐宣布妇女志愿服务队将举行衣物交换活动。战时物资短缺，撤离者和村民都深受其害。交换活动的消息让学生们松了一口气，他们开始想象能够得到一双舒适的鞋子和袖子长到遮住手腕的外套。三兄妹发现格里菲斯太太听到这个消息也十分高兴，其实她心里面比表面上还要高兴。她拜托一个邻居照看小婴儿，这样她和女儿们就可以参加交换活动了。

午饭时间，活动在村务大厅正式开始。大伙儿带来了自己穿小的衣物供别人挑选，还迫不及待地想要找到适合自己的新衣物。威廉让埃德蒙凑合着穿他的旧衣服，但是埃德蒙拒绝了，他更喜欢“新”衣服带来的新鲜感……至少对于他来说是新的。三个孩子离开的时候都带着“新”的外套和鞋子，两兄弟还换到了衬衫和裤子，安娜还换到了裙子和衬衫。其实安娜并不想放弃自己最喜欢的毛衣，毛衣的肩部还缝着漂亮的玫瑰花呢。但毛衣太小了，只要一抬手，腰就会露出来，所以她不得不把它交换出去。

在尽情“购物”之后，三兄妹和心满意足的格里菲斯太太一起走回了家。格里菲斯太太尤为高兴，那天晚上她甚至用配给的牛奶做了一份蛋奶冻。虽然蛋奶冻做得马马虎虎的，但三兄妹非常喜欢奶冻上厚厚的奶油。为了回报格里菲斯太太的这份善意，晚饭后安娜主动给女孩们读故事，埃德蒙和威廉负责洗碗。

安娜并不知道简、海伦和佩妮能否听得懂她讲的故事，但那天晚上，当她给三姐妹读《爱花的牛》时，小家伙们都全神贯注地坐在那儿，认真地聆听着。当她读到斗牛士、花镖手和长矛手因为公牛费迪南安静地坐在斗牛场里闻着花香而气得跳脚时，简和海伦已经趴在安娜的膝盖上睡着了，只剩下佩妮凑到跟前，盯着书。

威廉意味深长地笑了：“你瞧，安娜，我们来这里是想找个妈妈。但现在，你倒更像个妈妈。”

住在靠前的卧室里，三兄妹感受到了十二月的寒冷。这天晚上，他们因为换来了新外套而十分开心。尽管穿着外套睡觉一点儿也不舒服，但总有更令人难以忍受的事，比如寒风把窗户玻璃吹得哗啦作响，听起来好像闹鬼一样——至少安娜是这么认为的。他们把床垫挨在一起取暖，但睡得仍不踏实。凌晨的时候，外面下起了雨夹雪，屋顶被打湿了。三兄妹醒来后发现身下的床垫也变得湿漉漉的。雨水还打湿了埃德蒙换来的新玩具螺旋滑梯。威廉曾建议他把东西折叠好放在苹果箱上，埃德蒙却把玩具摊在了地板上。埃德蒙一边抱怨，一边打着寒战，穿上他能找到的最干燥的衬衫和裤子，匆匆下楼，来到温暖的煤炉旁取暖。

这天上午在学校，卡尔小姐宣布学生们将在村里的平安夜庆祝活动上表演一出耶稣诞生的话剧。“以此感谢为我们提供栖身之处的村民们。”她说，“我希望整个村子的人都能来观看，所以一定要演得非常精彩。吃午饭之前，我们先通过抽签分配一下角色。”有的孩子很是期待，眼睛中闪烁着兴奋的光芒，但有的则兴致缺缺。

埃德蒙就属于后者。当轮到他把手伸进桶中抽出提前折好的纸条时，他希望这个角色的戏份最好少一点儿。他展开纸条，读出了上面的字：星星。

他不由得睁大了双眼：“这是主角吗？”

卡尔小姐冷冷地瞪了他一眼：“难道你不想演吗？”

“一点儿也不想。”埃德蒙回答。

“是那颗圣诞星星，”卡尔小姐恼火地解释道，“那颗照亮了通往伯利恒的路的星星，知道了吗？”

埃德蒙开始琢磨自己的扮相会有多奇怪。他脑海中浮现出了这样一幅画面：他的脖子上套着一个蛋黄色的巨大星状盒子，脑袋只能从盒子中间的洞中伸出来。

“星星到底是个什么角色？”三兄妹吃午饭时，埃德蒙问道，“它根本就不是活物。而是一个……你怎么称呼一个没有生命的东西，威尔？”

威廉咽下了最后一点儿牛奶：“僵尸？”

埃德蒙皱着眉头看向哥哥。

“你是说非生命体吗？”一想到自己的角色，威廉就觉得这件事很有趣。此前，弗朗西丝向他表示，希望可以同他一起扮演约瑟夫和玛丽。那个瞬间威廉觉得有些不自在，他看到弗朗西丝紧张得一直在眨眼睛。“这样我们就可以牵手了。”她轻轻说道。当威廉最终抽到牧羊人的角色时，他明显地松了一口气。他确信牧羊人不需要和任何人牵手，现在他可以把注意力转移到逗弄弟弟上了。

“我还以为你会很高兴呢，埃德，你可是‘舞台之星’呀！”

“那么，你觉得这个所谓的星星角色演的到底是什么呢？”埃德蒙问，“我是说，其实就是非生体，你刚才是这么说的吧？”

“是非生命体。”

安娜很高兴自己可以扮演天使：“我觉得会很有意思的。我们从没演过耶稣诞生剧。我想知道他们要怎么制作天使头上的光环。”

*　*　*

这场雨夹雪断断续续地持续了一周。这天，当三兄妹吃完午饭来到一周未见的图书馆时，他们觉得这座图书馆看起来格外吸引人。埃德蒙在读《野性的呼唤》，威廉沉浸在希腊神话的世界中。安娜看的是福尔摩斯探案故事，这是她第一次看福尔摩斯的故事。她趴在炉火前，巴斯克维尔的猎犬仿佛就在她眼前。有一些词安娜看不懂，但不妨碍她享受阅读的乐趣。

她下意识地挠了挠脖子："长……长颅型，是什么意思呀？"

"不知道。"埃德蒙咕哝道。

"我也不是很清楚。"威廉实话实说，"我想，'颅'应该和'头脑'有关系。"

"嗯……"安娜喃喃地说，"福尔摩斯肯定是个很有头脑的人，对吗？"

"一定是的。"威廉赞同道。

安娜放下书，又挠了挠脖子。

"安娜，别抓了，好吗？这样只会越抓越痒。"威廉说。

安娜坐了起来："都是因为睡在稻草编的床垫上，所以我的头非常痒。你能帮我看看吗？"正当她这么说时，一个可怕的想法冒了出来：该不会是虱子吧？"嗯……算了，应该是我……感觉错了。"

但是威廉已经向她靠近，撩起了她的头发。

“是不是有……？”安娜羞愧得说不出话来，脸颊涨得通红。

威廉与她对视，微微点了点头。

坐在炉边地毯上的埃德蒙不由得后退，安娜难过得流下了眼泪。

“一定是因为新换的外套。”威廉低声说。他搂着妹妹，偷偷地看着她的头发。“没关系的，安娜。”他说，“真的，一切都会好起来的。我们回家去，我马上把它们弄出来。”事实上，他根本不知道要如何清理虱子，他沉默了。

这时，穆勒太太从科学类图书借阅区走出来，发现安娜正在哭，埃德蒙皱着鼻子，而威廉看上去一脸无措。

“怎么了，你们三个？”

拜托别告诉她，安娜心想，千万不要告诉任何人。

威廉感受到了妹妹因为羞愧而升高的体温：“安娜，嗯……安娜只是看到比较感人的情节，没事的。我们，嗯……我们得走了。”

穆勒太太把手伸进她的毛衣口袋，拿出一块干净的手帕递给安娜。“感人的情节？”她柔声问道，“福尔摩斯的故事里有这样的情节吗？”

一阵令人窒息的沉默后，埃德蒙终于开口：

“安娜头上长了虱子。”

安娜一下子把脸埋进手帕里，放声痛哭。威廉震惊地看向埃德蒙。埃德蒙耸耸肩："我不认为福尔摩斯的故事里面有什么感人的情节。"

穆勒太太点点头："确实。"她转向威廉，"你们的养母知道怎么处理虱子吗？"

"我相信她知道的。"威廉回答，"不然，我会看着处理的。"他紧握安娜的手，"真的，没事的。"他知道自己说的不是真话。

穆勒太太也听明白了。她的目光依次落到三个孩子的身上，最后低下头："为什么我们不现在就把它们解决掉呢？"

安娜从被泪水浸湿的手帕上抬起头来，她有点儿害怕，但却感激穆勒太太的善意。

"谢谢您，穆勒太太。"威廉说，"但其实，我们能处理。"他暗自祈祷穆勒太太看不到他眼中的泪水，但又隐隐希望她能察觉到他的无助。

穆勒太太用几近耳语的声音说道："我相信你们可以。但对我来说，让一个只有十二岁的小男孩承担这些，并不公平。"

威廉盯着她看了很久，使劲咽了一下口水："谢谢。"

穆勒太太打起精神："这样吧，你们三个留在这里，照看一下服务台。我去药店买点儿东西。药店和这儿就隔着几户人家，所以我很快就回来。晚饭前我们就能搞定，好吗？"

三兄妹点点头。穆勒太太抓起外套就走了。

过了很久，图书馆依旧静悄悄的，偶尔能听到壁炉里火花爆裂的声音和安娜的啜泣声。埃德蒙和威廉也开始觉得痒，当一个人想到自己的头顶上也可能藏着那些可怕的小东西时，他就会觉得痒。不过兄弟二人互相检查了一遍，什么也没发现。

“杰克和西蒙说得对，”安娜低声说，“我们是肮脏的撤离佬。”

“安娜。”威廉握着她的手说，“别这么想。一定是因为换来的外套不干净。”

安娜什么也没说，只是盯着炉火，忍住挠痒痒的冲动。

没过多久，穆勒太太拿着一个小包裹回来了。“好了。”她说，“东西都准备齐了。”说完，她就走进后厅，回来的时候，手里端着一碗闻起来像漂白剂的液体。她从包里取出一把精致的梳子，俯下身，跪坐在安娜面前：“你知道的，这不是你的问题，对吗？”

安娜抽了抽鼻子，没有回答。

“要知道，我小的时候也长过虱子，不止一次。”穆勒太太吐露道。

埃德蒙皱了皱鼻子：“是吗？”

“是的。学校里到处都是虱子，尤其到了冬天，学生们把外套和帽子都塞在衣橱里，虱子传播得更快。有一年，我和妹妹长了四次虱子。就我们两个人，长了那么多次。”她说，“妈妈差点儿把我们的头发剃光。”

安娜不禁笑了起来。

穆勒太太已经准备好了。她把安娜抱到膝盖上，把她的头发从中间分开，然后再把左边的那一半再次分开，接着又把右边那一半分开，不断拨弄着安娜的头，不放过任何一根头发。不断地把头发拨开再拨开，梳理再梳理。一旦发现虱子，穆勒太太就会把它挑出来，放在那碗带有腐蚀性气味的液体里，虱子就不动弹了。

这个过程非常磨人，如果可以的话，安娜当然不希望生虱子。但是，当她坐在壁炉旁，感受着穆勒太太的手指在她的卷发中穿梭时，安娜突然有一种踏实的感觉。她对此感到很困惑。起初，她以为是因为有人帮自己挑虱子所以才感到踏实。实际上远非如此。是因为她感受到了一种难以形容的温柔。她幸福得哭了出来。

穆勒太太察觉到了安娜情绪的变化，她停下来，用指尖轻抚安娜的脸颊：“一切都会好起来的，安娜。我会把虱子都挑出来，我保证。”

“不是因为虱子。”安娜哽咽着说，“就是……谢谢您。”

穆勒太太盯着安娜看了很长一段时间，她的鼻子也红了：“没什么大不了的。真的。我很乐意帮忙。我只是不愿看到你再痛苦下去。”

埃德蒙抱起手臂：“穆勒太太，您有孩子吗？”

"没有，埃德蒙。"

"您有丈夫吗？"安娜问。

"当然有。"埃德蒙说，"所以她才被称作'太太'。"

穆勒太太苦笑道："你说得对，埃德蒙，我确实有丈夫。"

"他去打仗了吗？"威廉问。

穆勒太太移开了目光，看向炉火："这事说来话长，恐怕一时半刻讲不完。"她把安娜的头往前推了推，又挑出一只脏兮兮的虱子，"也许你们已经注意到了，这里的人并不是都对我特别友好。"

确实如此。三兄妹虽这样想，但什么也没说。

穆勒太太低头看着自己的手。"我结婚后使用的姓氏，你知道，不是英文。"她说，"是德文。"

埃德蒙皱了皱眉头："您丈夫是德国佬？"

威廉猛地用手肘撞了埃德蒙一下。

"没错。"穆勒太太继续说，她没有批评埃德蒙说了脏话，"他是几年前来到英国的，在北安普敦的一家书店工作。我们就是在那里认识的。我买了一本《安娜·卡列尼娜》。"穆勒太太的脸上挂着淡淡的微笑，她的目光飘到了远处，"一年后我们结了婚，在这里定居下来。"她停顿了一下，好像在整理自己的思绪，然后深吸了一口气，继续说道，"后来希特勒接管德国政权，局势紧张起来。马丁，也就是我丈夫，担心他的家人。一战的时候，他哥哥死了。但他还有一个妹妹在德国，当然还有他的父母。他想回家看看他们。”穆勒太太又停顿了一下，“那是将近三年前的事了。”

威廉向前探了探身子，问道：“他现在在哪儿？”

穆勒太太颤抖着吸了一口气：“我不知道。”

埃德蒙完全糊涂了。他从来没有听说过一个丈夫失踪的事情：“什么意思？”

穆勒太太看着他们，有些不好意思。“就是这样。”她说，“我不知道。”她拨开安娜一侧的头发，“有一段时间，我们几乎天天通信。后来，变成每周通信。再后来，不知怎么，就只剩我一个人坚持写信了。”

“为什么？”埃德蒙问，“他为什么不写了？”

穆勒太太又看向了炉火。她似乎很难找到合适的词语回答。“我想，就在某个时刻，他突然做好决定了。”她停顿了一下，又道，“他不想回到我身边了。”

“那他也没有写信告知您吗？”马丁懦弱的做法让埃德蒙十分愤怒。

“没有。”一滴眼泪从穆勒太太的鼻尖滑落，“哦，瞧瞧我这副样子。”她说，从口袋里又掏出一块手帕，“请原谅我的失态，孩子们。”

“没关系的。”威廉说，“就是……我们替您感到遗憾。”

“太可怕了。”埃德蒙说。

“真的太可怕了，无法用一两个字形容。”安娜附和道，她转头看着穆勒太太，“但是为什么人们对您并不友好呢？您没有做错任何事。”

穆勒太太擤了擤鼻涕：“谢谢你，安娜。你这么说，我很欣慰。真的。我猜想，他们怀疑的是，马丁是否……是否在为……错误的一方卖命。”

“您是说他是个纳粹？”埃德蒙问。

威廉和安娜睁大了眼睛。

穆勒太太苦笑道：“这才是关键，对吗，埃德蒙？”

三兄妹都听懂了。

“我不敢相信他是个纳粹。”穆勒太太继续说，“不过话说回来，我以为他只是回家看看。我从未怀疑他会不回来，但是……”她的声音渐渐低了下去。

“但是他没有回来。”埃德蒙说。

穆勒太太低下头，用微弱到几乎听不见的声音说：“但是他没有回来。”

兄妹三人试图发表一下看法，但这个话题属于大人的世界，孩子们不知道该说什么。

最后是安娜打破了沉默：“我还是不明白为什么会有人责怪您。您什么都没做。”

穆勒太太微微耸了耸肩，继续检查另一侧的头发：“我想是因为我和马丁是一家人。大家都很害怕。”

埃德蒙哼了一声："害怕您吗？"

"嗯，危险的图书管理员。"穆勒太太轻轻地擦了擦泪水，"我想，我应该感到庆幸。报纸上报道过，德国人和他们的……同伙……会被抓捕。甚至被拘禁。利物浦城外专门设了一个监狱。"

再一次，三兄妹陷入沉默，满是同情地看着她。

"这就像每个人都以为是我在学校的墙上乱画一样。"最后，埃德蒙先开口道，"我什么都没做，但每个人都认为是我做的——"

威廉打断了他："这不是一回事，埃德。"

埃德蒙的肩膀沉了下去："但在我看来就是一回事。"

穆勒太太勉强挤出一个苍白的微笑："看到你们感情这样好，我很开心。真的，埃德蒙。"她又擤了一次鼻涕，然后把手帕放回口袋，又检查了一遍安娜的头发，"现在差不多了。我要往你的头发上抹点儿油，不过味道不太好闻，安娜。安全起见，你们俩也要抹一些。为了让它充分发挥效用，得等到明天再洗头。今晚回去先把外套洗干净。能做得到吗？"

三兄妹点点头。

"太好了，床上用品也都要清洗一遍，知道吗？"

"遵命。"他们齐声说。埃德蒙想，好在床上用品并不多。他从没想过自己会因为拥有的太少而感到庆幸。

穆勒太太露出一个鼓励的微笑："这件事很快就会过去的。只是一段糟糕的回忆。正好，你们可以写信给伦敦的家人们，聊一聊这场冒险，不是吗？”

孩子们用力咽了一口唾沫。穆勒太太已经把她的秘密说出来了，或许他们也可以放心地说出他们的秘密。

“没错。”威廉回答道。

回利文斯顿巷的路上很冷，回到格里菲斯太太家后，三兄妹也没有暖和起来。“虱子？”格里菲斯太太尖叫起来，“你一定是在开玩笑。我们这儿最不需要的就是虱子。难道你没有好好地洗过澡吗？”

安娜后退了一步。

“和洗澡没关系。”埃德蒙抗议道，“是她换来的外套不干净。”

“我们得先把外套和毛毯洗干净。”威廉补充道。

“如果你们晚饭后再开始洗衣服，那要洗到半夜去。我和孩子们都不用睡了。”

“如果您不想让我们洗，”埃德蒙恼火地说，“那就任由虱子繁殖下去吧！”

格里菲斯太太摇了摇头：“快点儿搞定，知道吗？皂片不多了，就连洗这个星期的衣服都已经不够用了，所以你们只能用热水烫干净了。还有，保持安静，看在上帝的分儿上。”

晚饭后，格里菲斯太太和她的孩子们一起上了楼，三兄妹开始清洗。他们不太知道如何用铜制的锅炉烧水，只得摸索着操作。埃德蒙把能找到的锅和水壶都装满了，接着把它们搬到厨房后面狭窄的洗涤房中，最后倒进锅炉里。安娜把他们的外套和毯子扔进锅炉里。威廉从煤箱里取出煤炭，扔进锅炉下的煤炉里。他花了很长时间才把火烧旺。当火势逐渐稳定下来，三兄妹便蹲在厨房的地板上等待着这一大锅“羊毛汤”煮开。

“我们今晚怎么睡？”安娜问，“毯子是干不了了。楼上又冷。”

“我不知道，安娜。”威廉坦白道，“我还没想好。”

“对不起。”安娜强忍着泪水说道，今夜她的眼泪一直流个不停。

“安娜，拜托你不要再哭了。”埃德蒙说。

威廉给了埃德蒙一个警告的眼神：“这不是你的错，安娜。”

她用手擦了擦鼻子：“我真希望我们能待在图书馆里，再也不回来了。”

“我也是。”威廉表示同意，“但图书馆不是我们的家。”

“至少现在我们知道为什么妇女志愿者服务队的人说穆勒太太不合适了。”埃德蒙说。

安娜叹了口气：“我没觉得她不合适。和她住在一起的话，我十分乐意。”

埃德蒙抱紧了胳膊，努力让自己暖和起来：“那她丈夫呢？”

安娜耸耸肩：“我不在乎。我无法想象他可能是个纳粹，至少穆勒太太肯定不是。”

“她当然不是。”威廉说，“她的丈夫可能也不是。但是‘可能不是’就已经够危险的了。”

安娜叹了口气，没有再说什么。

临近午夜的时候，三兄妹觉得外套和毯子已经煮得够久了。安娜困得要睡着了，但她仍然强打精神，和哥哥们从锅炉中捞出外套和毯子，用力拧干，然后逐一把它们搬到后门外面的绞衣机上。他们曾在书中看到过类似的装置，所以知道如何使用。埃德蒙和威廉负责转动曲柄把水挤出来，安娜则负责把衣服塞进两个滚筒之间。孩子们湿漉漉的双手在夜晚冰冷的空气中渐渐变得僵硬，不管兄妹三人如何哈气或是把手塞进口袋，似乎都没有用。

终于洗好了。三兄妹把潮湿的衣物挂在洗涤房中的绳子上晾干，然后蜷缩在厨房的煤炉旁，烤一烤他们冻僵的双手。

威廉冻得连牙齿都直打战：“我们就睡在这儿吧。”

安娜看向他：“在厨房的地板上？”

“我知道这不是个好主意，但我更没法忍受回到那个冷得像冰箱一样的房间。”他搓动着双手，借着炉火的热气取暖，“就当今晚我们在野外露营了。”

埃德蒙打了个哆嗦：“可这一点儿也不像露营。”

第十五章

没过多久，三兄妹就醒了。孩子们揉了揉还未睡醒的双眼，舒展酸痛的四肢。和他们想象的一样，地板一点儿也不好睡。

安娜起身做了一锅稀粥，这让一个小时后来到厨房的格里菲斯太太心情愉悦。她似乎没有意识到兄妹三人昨晚睡在了厨房里。他们也不愿过多地讨论这个话题，所以没有人提起昨晚的事。他们匆忙地吃完早饭，然后洗脸刷牙去了。

“今晚要洗个澡，别忘了，你们三个!”三兄妹走出门口时，听见身后的格里菲斯太太大声喊道，“今天下午不要再光看书不干活了!”

三兄妹是跑着去上学的。他们的外套仍旧湿漉漉地挂在洗涤房里。跑步既可以让他们暖和起来，又可以让他们尽快到达温暖的教室。

一整个上午，孩子们都在为演出制作服装和布景。物资十分有限，但俗话说，有需求才会有创造，意思是：有时候你要想办法用报纸做出天使的翅膀。

“你觉得他们真的会找一个小婴儿扮演耶稣吗？”安娜问。

埃德蒙打了个哈欠：“或许他们可以让罗伯特来演。”

“你能想象那个画面吗？”威廉也打了个哈欠，“他大概会全程尖叫。”

“也不是什么坏事。”埃德蒙说，“这样观众就不会注意到我们了。”他仍然为演出而感到焦躁不安，尽管他现在知道了，他并不会套着黄色的盒子上台，他只需要用木棍提着一颗星星来回摆动。正因如此，他觉得自己不算演员，反而更像道具师。他很庆幸领到这样一份差事。

那天晚上洗澡的时候，三个孩子都累坏了，心情也很糟糕。虽然洗掉头发上的臭油膏是件值得高兴的事，浴缸旁温暖的炉火也让他们感到安心，但一想到冰冷的卧室，他们的心情就差到了极点。他们从洗涤房取回毯子，回到楼上。入睡前，他们的头发仍然湿答答的，冰冷的水滴顺着发丝流到脖子上，引起阵阵寒战。

“有什么书读起来会让人觉得暖和吗？”埃德蒙问，“我今晚不想读《野性的呼唤》，读描写阿拉斯加的书简直是自虐。”他的喉咙有些痒，他想喝一杯茶，但他很清楚这里没有茶可以喝。

安娜想起了《小公主》中的一段描写。她从行李箱里拿出书。埃德蒙听到“公主”两个字就皱起了眉头，但是他太累了，懒得出声反对。

“听听这一段吧。”安娜说，用拇指指着右边的那一页，“太应景了！萨拉被心肠冷酷的明钦小姐锁在了冰冷的阁楼里。”

“真是太棒了。”埃德蒙叹了口气，“我想我还是想听阿拉斯加的故事，谢谢。”

“接着听，埃德蒙! 她想象自己待在一个温暖舒适、食物充足的地方，结果竟然成真了！”

“哼。”埃德蒙哼了一声，然后打了个喷嚏。

安娜没有放弃：“好好听着！”

壁炉里生着火，炉灶上，烧开的小铜壶正在嗞嗞作响。地板上铺着一块厚厚的深红色地毯，壁炉前有一把展开的折叠椅，上面放着几个软垫。椅子旁边有一张打开的小折叠桌，上面铺着一块白布，桌面上摆放着若干盖着盖子的小餐盘、一个杯子、一个茶碟、一个茶壶。床上铺着暖和的被褥和软缎羽绒被。床下放着一件团起来的丝绸长袍，一双棉质拖鞋，还有一些书。她梦中的房间仿佛变成了仙境，桌子上放着一盏罩着玫瑰色灯罩的台灯，使得房间里的光线都变得柔和起来。

“梦想成真了！她幻想的都变成真的了！”安娜说。

威廉被勾起了好奇心：“怎么会变成真的呢？”

“魔法。”安娜笑了起来，“当然不是，其实，”她低声说，“是住在萨拉隔壁的那个绅士送来的。只是萨拉以为那是魔法变出来的。”说实话，安娜不想读到结尾，但有的时候读书会让人上瘾。

“哼。”埃德蒙又哼了一声。

安娜继续读着，时不时打个哈欠。直到她发现埃德蒙和威廉都睡着了，她才合上书，蜷缩在两个哥哥中间，盖上差不多干透了的毯子。

第二天一早，还没睁开眼睛的安娜在心里默默地祈祷前一天晚上在书中读到的奇迹会发生在她的身上。她想得很投入：壁炉里生起了火，桌子上铺着白色的锦缎，上面还摆着高高堆起的热面包和一杯杯热巧克力。但睁眼后看到的景象让她大失所望，世界上根本没有魔法。她站起身来，透过窗户纸上的裂缝向外张望，发现了还算得上奇迹的东西。

“雪!”她兴奋地叫起来，伸手推了推仍在熟睡的埃德蒙和威廉，“下雪了！”

不一会儿，兄弟俩就从毯子里钻出来，起身来到窗前，站到安娜身边。闪闪发光的白雪铺满了小巷，映衬得窗前的景色更加明亮，看到这一幕的埃德蒙和威廉终于露出了笑容。暴风雪来的时候恰逢星期六，这份十二月礼物让三兄妹非常开心。

他们蹑手蹑脚地下楼去煮粥，用完饭后，他们自觉地洗了碗。剩下的粥放在炉子上温着，那是留给格里菲斯太太和小家伙们的。九点刚过，他们就下楼了。这一刻，这个雪天变得没那么可爱了，但更糟的还在后面。

“到雪地里玩？”格里菲斯太太对这种想法嗤之以鼻，“今天是星期六，我要去买东西。”

安娜和威廉的肩膀沉了下来，但埃德蒙的热情没有那么容易被压垮：“但是下雪了！”

格里菲斯太太只是皱了皱眉头：“我看见下雪了，我还没有瞎。”

“可是——”埃德蒙开口说。

“不管下没下雪，都得买东西。你们要么出去采购，要么留在家里照看我的女儿。”格里菲斯太太说。

一阵短暂的沉默，兄妹三人思索了一下该怎么选。

“如果我们带她们去雪地里玩呢？”安娜说。

埃德蒙有些吃惊：“你说什么？”

“我们可以带她们去玩。”安娜说，“她们会玩得很开心的。”

这回，埃德蒙没有再开口。

格里菲斯太太看向佩妮、简和海伦，她的面容变得柔和了。“如果你们能带上她们，好好地照顾她们，那就去吧。”她叹了口气，“罗伯特我会带走的。”

“谢谢，格里菲斯太太。”威廉说，“我们会好好照看她们的。”

埃德蒙瞪了哥哥一眼。

他们没有适合雪天穿的衣物。但是哪个贪玩的孩子会在乎这个问题呢？没有围巾、没有长筒靴，还有埃德蒙的喉咙痒得叫人抓心挠肝的事实，这些都不能打击他们的积极性。三兄妹尽可能地把自己裹得严严实实的，向广场走去。威廉抱着海伦，安娜牵着简和佩妮。得了空的埃德蒙便把雪球砸向哥哥的后背，他玩得乐此不疲。

广场上热闹非凡。兄妹三人看到不少同学也在这里玩雪，于是也加入了他们。

不到一个小时，广场上就堆满了雪人。安娜手把手地教格里菲斯太太的女儿们堆雪人。事实上，因为佩妮、简和海伦的存在，安娜变得相当受欢迎，因为在场的女学生都认为带小孩是一件非常有趣的事。

许多孩子都带来了简易的“雪橇”：烤盘、洗脸盆和铲子。他们带着雪橇，爬到村子北面的山坡上，轮流从山顶滑向山下结冰的河床。滑道因为孩子们无数次的滑行而变得越来越光滑。尽管从山坡上滑下来时，冷风把脸颊吹得生疼，但对孩子们来说那也是一种美妙的痛苦。

山坡上的积雪因为反复的滑行而越变越薄，积雪之下的泥土和枯草逐渐显露出来。于是，孩子们又回到了广场上。一时间，空气中尽是四处乱飞的雪球，几乎每个孩子的脸上都挨了一下。显然，佩妮、简和海伦是例外，因为其他人时时留意着，及时用雪球把砸向小孩子的雪球打偏。广场上筑起了一个个雪做的堡垒，遭到了大伙儿一次又一次的攻击。

最值得注意的是埃德蒙，他蜷缩在一个堡垒的后面，为己方阵营补给“弹药”。突然，不知道从哪里冒出来两只有力的手放在他的脖子后面，狠狠地把他的头按进了冰冷刺骨的雪地中。他原本不会知道是谁推了他，但就在扎进雪里之前，他清楚地听到那人说了句“肮脏的撤离佬”。再后来，他就只能听到耳朵里传来的心脏跳动的声音。

埃德蒙扑腾着踢了杰克和西蒙一脚，但是其中一个人把埃德蒙的胳膊压在他背后，让他无法从雪堆中挣脱出来。埃德蒙不停地晃动着脑袋，试图喘口气，但融化的雪水填满了他的口鼻。就在他真的开始害怕起来的时候，他的手臂终于被松开了。埃德蒙这才能从雪堆中抬起头来。他趴跪在地上，扭头看向袭击他的人。

但是他们已经跑掉了。只剩下威廉站在他身旁。威廉递给弟弟一只手，示意他扶着起来。浑身湿透、气喘吁吁的埃德蒙拉着哥哥的手，摇摇晃晃地站起身，警惕地看向四周，准备迎接杰克和西蒙的下一轮攻击。

“他们在哪儿？”他咳嗽着问道。

这时，有几个男孩围到了威廉身边，他们回答了埃德蒙的问题。

“干得漂亮！”一个男孩一边拍了拍威廉的背，一边指着埃德蒙说道，“我以为他们要闷死他。”

“是的。”另一个说，“一击即中，真是漂亮的一拳！”

埃德蒙的眼睛瞪得老大：“你打了他们？”

欧内斯特，也就是两兄弟在抓老鼠时认识的胖男孩，替威廉回答了埃德蒙的问题：“至少打中了一个！正中下巴，一拳就打中了！打在下巴上！要我说，他们活该，两个欺负一个算什么本事!”欧内斯特握了握威廉的手，连连摇头以示钦佩，说完便走开了。

埃德蒙看向哥哥：“你……你打了哪一个，杰克还是西蒙？”

“我不知道，他们穿得太严实了，我看不出来。这重要吗？”

“不重要。”埃德蒙笑着说，“谢谢。”

威廉可笑不出来：“我以为他们要杀了你。”

埃德蒙摇了摇头：“我真希望我看到了刚才的画面。一击即中，正中下巴？”

“应该是这样吧。”威廉一边说，一边试图掩饰自己脸上的骄傲。他看到安娜和格里菲斯太太的女儿们正从广场的另一边走过来。

“别告诉她。”他说。

埃德蒙吃惊地睁大了双眼。“不用我来说。”他说，“等到了星期一，人人都会知道这件事。”

安娜告诉哥哥小家伙们全身都湿透了，要准备回家了。其实，他们都湿透了。天色已近黄昏，孩子们的衣服和鞋子都被融化的雪和汗水浸湿了，变得沉甸甸的。在回利文斯顿巷的路上，他们发觉脚趾和手指已经冻到麻木。三兄妹迫切地希望能够马上回到暖烘烘的壁炉旁，来上一杯热可可，但他们转而意识到这是不可能的，这个认知叫他们好不难过。

格里菲斯太太双手叉腰，在门口等着他们。

“你们干什么去了，把女孩们丢进河里了吗？她们都湿透了!”

安娜开口道：“我想她们玩得很开心……她们堆了雪人，做了雪天使，还有——”

“鞋子已经没法穿了。”格里菲斯太太一边说，一边脱掉女孩们的外套。

埃德蒙很生气：“你说过我们可以带她们去的。难道你指望她们在雪地里玩了一整天之后，回家的时候衣服还是干的吗？”

格里菲斯太太怒气冲冲地瞪着他：“你怎么敢顶嘴！把这些湿答答的外套放到壁炉旁边去，给她们拿些干净的衣服来，不然一会儿她们要冻坏了！”

埃德蒙打了个喷嚏，他用衬衫袖子擦了擦鼻子，然后去给佩妮、简和海伦找衣服。

那天晚上，三兄妹又回到了冰冷的卧室。这魔幻的一天即将过去，三个人躺在床垫上瑟瑟发抖。

“如果有人会施魔法，你想许什么愿？”安娜问。

“根本没有魔法这回事。”埃德蒙抱怨道。他的喉咙疼得厉害。

安娜咂了一下嘴，说：“这只是个游戏，埃德蒙。”

埃德蒙打了个喷嚏。

威廉笑了起来：“我想要一碗豌豆汤，里面放很多土豆和火腿。最好浓稠得不像话，勺子放进去都立得起来。”

“还要几片热乎乎的黄油面包，吃之前在里面泡一泡。”安娜补充道。

威廉的肚子咕噜咕噜地叫了起来：“还要有肉桂面包。”

安娜点点头：“上面要洒满糖霜，再配上一杯热奶茶。”一想到食物，她的胃就开始绞痛。

“不要奶茶。”埃德蒙说，“要可可。好多好多的可可。”说完，他翻了个身，“说真的，如果你要许愿，那就许个大点儿的愿望吧。”

一转眼到了星期二，这天是平安夜。清晨，外面一片洁白，依旧寒冷。三兄妹蜷缩在毯子里，不拖到最后一秒绝不起床，谁都不愿离开那仅存的温暖。

“你觉得圣诞老人会知道我们在哪里吗？”安娜问。

埃德蒙和威廉交换了一下眼神。“嗯……当然了。”威廉说。

“格里菲斯太太呢？”安娜说，“你觉得她会给我们准备礼物吗？”

哥哥们看着安娜，并未作声。

安娜依然保持乐观：“嗯，她也许会的。”

“嗯……我可能会长出翅膀，飞到美国去。”埃德蒙说。得了重感冒的他现在头昏眼花，暴躁易怒。

“最好飞到温暖的地方去。”威廉补充道，“比如，佛罗里达。”

“也许我们应该送格里菲斯太太点儿什么。”安娜说。

埃德蒙咳了一声：“送给她一副好脾气，怎么样？”

“用什么送？”威廉裹紧了毯子，“我们好像没有零花钱。”

“我知道。”安娜说，“但我们可以……我不知道……给她画幅画什么的。”

“我相信她一定会很珍惜的。”埃德蒙不屑地说道。

威廉捏了捏安娜的手指：“我觉得这主意不错，安娜。圣诞节我们应该懂得感恩，对吧？我们要永远待在一起，远离危险和灾难。”

他们穿好衣服下了楼。格里菲斯太太正搅拌着稀粥。

“平安夜快乐！”安娜兴奋地说。

“行了，把桌子摆好，帮佩妮把报纸撕好。”

安娜庆祝节日的热情丝毫没有被影响：“格里菲斯太太，今天下午你会来看圣诞剧吗？”

“什么圣诞剧？”

“在圣安德鲁大街演出的耶稣诞生剧，撤离学生演的。威廉演牧羊人，埃德蒙演的是马厩上的星星，我演天使。”

格里菲斯太太用勺子敲着锅边：“罗伯特没法坐着看完一出戏。”三兄妹知道她说的有道理。

桌子摆好后，三兄妹和佩妮一起坐在地板上，她正在把报纸撕成小方块。威廉和埃德蒙也跟着一起撕，安娜负责整理乱糟糟的纸片，但显然毫无效果。安娜的手指被报纸上的油墨染黑了。她继续整理着，惊奇地发现有些纸片上面不仅印着文字，还有图片——有一朵花的一角、城堡的塔楼，还有乌云卷起的旋涡。不知为什么，这些零碎的画面似曾相识，安娜暗叫不好。她继续翻阅着这些纸片，她希望自己弄错了。

但她没有弄错。一张纸片上写着“唐泰斯”，另一片上写着“萨拉”。直到安娜看到一张纸片上印着一个被鲜花环绕的牛头，她震惊得喘不过气来。

“佩妮？”安娜转身看向她，“你从哪儿弄到这些纸的？”

佩妮懵懂地盯着安娜，显然不知道自己做错了什么。安娜站起来，惊慌地环顾房间，寻找着线索。最后，她的目光落到房间的角落里，那里放着一小堆残存的书，摆在最上面的是《爱花的牛》，内页已经被掏空了。

安娜一言不发地盯着残留的书页，站了很久很久。最后，她转身看向哥哥们。“她把书撕了。”安娜低声说，

“她把我们的书都撕了。”

兄弟俩看到了《爱花的牛》、《百科全书》、《基督山伯爵》和《小公主》。他们终于反应过来。两人转头看向佩妮，准备教训她一顿，但转念又想到她还是个小孩子，没法责怪她。不过，格里菲斯太太应该对此负责，所以埃德蒙不打算这样不了了之。

“佩妮把我们的书撕了！”

格里菲斯太太看向埃德蒙，一脸的不耐烦。她叹了口气说：“但是，你们已经看完了，对吧？你们在这上面花了那么多时间，总该看完了吧。”

埃德蒙气得抬手拍了一下额头：“这不是重点，不是吗？这些书没有一本是属于我们的！是从图书馆借来的！佩妮把它们撕烂了！是你让她进了我们的房间吗？”

格里菲斯太太转身对他说：“你们的房间？没搞错吧，这是我的房子。”

埃德蒙身体绷得僵直，双拳紧握，胸膛因极度的愤怒而起伏不定，当然是因为那些被毁掉的书，同时也因为在这里遭受的种种。过去几个月里承受的所有不公的对待、屈辱以及贫瘠的生活击溃了他心里那道脆弱的防线。“你不该让她进去!”他气得大叫，“至少你应该感到抱歉，现在弄成这个样子！如果你是个称职的母亲，你就应该向我们道歉！”

安娜和威廉非常认同埃德蒙的话，但两人都担心争吵会越来越激烈，他们希望埃德蒙能让步，不要再计较了。

格里菲斯太太把勺子丢进锅里，弯下腰来，把脸凑近埃德蒙：“我让你住进我的房子，给你饭吃，给你睡觉的窝，现在你居然敢跟我叫板。佩妮不过是撕烂了你那堆破书，好像我犯了滔天大罪一样！”

埃德蒙几乎要踮起脚来，势要与格里菲斯太太硬碰硬：“道歉，你这头可怜的母牛!”

他没想到竟会挨上一巴掌。不知是因为这一巴掌太重，还是因为太过震惊，埃德蒙踉跄着后退，跌坐在厨房的地板上，双手捂着被打的脸颊。

威廉和安娜疯了似的扑向他们的兄弟。他们把埃德蒙拉起来，三兄妹站在一处，静静地看着彼此。他们的眼睛里蓄满了泪水，因为愤怒和恐惧，双颊都烧得通红。

仿佛过了一个世纪，才有人开口说话。

威廉用几乎听不见的声音说道：“我们走吧。”

他一把推开站在壁炉边的格里菲斯太太，抄起他们的鞋子和外套，递给埃德蒙和安娜。他以最快的速度穿好衣服，然后帮哆哆嗦嗦的安娜系上鞋带。

格里菲斯太太眯起眼睛，问：“你们想去哪儿？”

威廉看了一眼埃德蒙，又看了一眼安娜。他紧紧握着妹妹的手。当他们砰的一声关上利文斯顿巷4号的大门时，没有一个人在乎格里菲斯太太的感受，哪怕只是回头看一眼。

第十六章

来到大街上，三兄妹面面相觑。“你没事吧？”威廉问埃德蒙。埃德蒙正在用掌根轻轻摩挲挨巴掌的那半张脸，他只是点了点头，生怕一旦开口就忍不住哭出来。

安娜用衣袖擦了擦脸。“我们现在该怎么办？”她一边发问，一边用力地抱紧自己，以抵挡早晨湿漉漉的寒意。

“我不知道。”威廉说，“先走吧。”

“走去哪儿？”安娜问。

“任何地方。走就是了。”

“可是走去哪儿呢，威廉？”安娜的声音变得尖锐、暴躁，“我们无处可去！”

威廉的心里泛起一阵苦涩和恐慌：“我不知道！我不知道，安娜！”他仿佛听到脑海中有人在尖叫，“我没有办法回答所有问题，你知道吗！我只有十二岁！”

安娜吓得往后退了一步。埃德蒙读懂了她眼睛里的恐惧，一时间感到自己应该承担起一部分责任。他的脸颊痛得厉害，早晨的冷空气让他更加难受。他们三个站在泥泞的雪地里，时不时抬起一只脚，以免脚趾被冻僵。埃德蒙和安娜知道他们的哥哥已经无计可施了，但是他们自己也不知道能去哪里。今天是平安夜，学校是不上课的。安娜想到了图书馆，但是，图书馆今天也不开。埃德蒙想到了弗雷斯特一家，但也只是想了想，因为杰克和西蒙叫他认清了现实。埃德蒙猛地打了个喷嚏，这让威廉从慌乱的思绪中回过神来。

“教堂里应该很暖和，而且无论如何，我们都要去参加今天下午的演出。”他说，“咱们先去那儿，先把该做的做完。”

教堂里的确很暖和。三兄妹深深地吸了一口气，感受着教堂的古朴与宁静。他们脱下湿透的鞋袜，踮着脚走过边上的过道，来到靠近前面的长椅上。为了庆祝圣诞，这里增添了不少绿色的装饰物，圣坛的栏杆和唱诗班的位置周围都绑上了从外面摘来的松树和冬青的枝条。为了下午的活动，服装和道具都已经提前堆在那里了。在来教堂的路上，三个孩子都以为教堂的氛围至少会给他们带来一点儿安慰，但是，当他们肩并着肩坐下来的时候，没有人觉得好受。安娜时不时地发抖，颤悠悠地吐出一口气。

“也许我们应该回伦敦去。”埃德蒙说。

威廉说：“九月份以来，伦敦几乎每晚都遭到轰炸。都不知道我们的房子还在不在。”

安娜僵在原地。

“我们可以给恩格索尔先生打个电话。”埃德蒙没有放弃，“他说我们有事可以找他的。”

“埃德，今天是平安夜。如果恩格索尔先生还没有被炸成碎片，他应该会出去唱圣诞颂歌或者像其他人一样庆祝平安夜。”威廉把头靠在长椅背上，琢磨着他们的处境。他觉得身上的重担快要将他压垮了。

“我们可以问问卡尔小姐还有没有其他寄宿家庭。”安娜说。这个“我们”当然指的是威廉。

威廉摇摇头：“我们可以问她，但我想，她不可能在圣诞节想出对策。”

兄妹三人斜倚在教堂狭窄的长椅上，阖上了眼睛。安娜非常想对威廉说：给我讲讲吧。但是她脑海中的声音提醒她现在不是时候。于是，她提出了一个建议：“穆勒太太怎么样？”

兄弟俩相继叹了口气。威廉用他仅剩的一点儿理智回答了妹妹的问题：“我知道你觉得这个主意不错，安娜。我也觉得不错，但我们不能。首先，今天是平安夜。其次，我们不知道她住在哪里。就算我们找到了，卡尔小姐和诺顿太太都说过她不合适。”

安娜没有被说服：“不合适的不是她，而是她的丈夫。我们甚至不清楚她丈夫那边到底是什么情况，不是吗？”

长椅并不舒服，埃德蒙挪了挪身子：“安娜，有可能明天她丈夫就穿着纳粹制服出现了，我们不能和这样一个人住在一起，不是吗？”

威廉看向弟弟：“有人穿着纳粹制服出现在村里，埃德，那画面想想都可怕。”

“我不是那个意思。有个词，比……怎么说来着？”

“比喻。”

“没错，这就是比喻。”

“不，不对。比喻是指……”威廉结结巴巴地说，“算了，这不是重点，不是吗？”他转头看向他的妹妹，“关键是，安娜，我们得考虑一下什么才是最好的，我不认为德国人的妻子是合适人选，你觉得呢？”

安娜回看了哥哥一眼：“那格里菲斯太太就是了？”

威廉沉下了肩膀。“你说的没错。”当然，安娜说的是对的，“听着，我们现在只能先考虑熬过今晚，以后的事以后再说，好吗？至少今晚，我们很可能不得不回利文斯顿巷去，祈祷一切顺利。”埃德蒙把手放在脸颊上，他感受得到挨过一巴掌后留下的红印。

一时间，兄妹三人没有再开口，他们都陷入了沉思。威廉试着制订计划。安娜试着想象穆勒太太家是什么样子的。埃德蒙有点儿发烧，此刻已经累得睡着了，沉沉地陷入了梦境之中。梦里，他站在一层玻璃上，但身后有个邪恶的东西在追他。他赶忙跑了起来，可每踏出一步，脚下的玻璃都裂开，他不得不不断地加速，以免掉下去。

吱嘎一声，教堂的门打开了，埃德蒙被惊醒了。卡尔小姐来了，带来了报纸做的王冠和其他道具。外面正下着雨，卡尔小姐看起来有些狼狈。看到他们三个后，卡尔小姐的心情稍微好了一点儿。只是稍微。

“啊……孩子们。”她喘着粗气说，“你们来得真早。太好了。你们可以帮我把马槽搭起来。”

威廉站起来，看向埃德蒙和安娜。安娜默默地向他使眼色，拜托他向老师求助。

卡尔小姐注意到他光着脚：“你的鞋呢？”

威廉深吸了一口气，走到卡尔小姐跟前：“卡尔小姐，很抱歉打扰您，尤其今天是平安夜，但我想问一下，现在是否还有其他的寄宿家庭？”空荡荡的教堂里没人回应他，他看起来滑稽又狼狈。

卡尔小姐良久都没有回应，只是眯起眼睛盯着他。终于，她抬了抬下巴，眨了眨眼，然后深深地吸了一口气：“孩子们，这个玩笑一点儿也不好笑。现在，请帮我把马槽搭起来，你们三个一起动手。”

安娜想或许应该向老师说明缘由：“格里菲斯太太扇了埃德蒙一巴掌。”

卡尔小姐大吃一惊，鼻孔微张。她转头看向埃德蒙：“你干了什么？”

埃德蒙定了定神，抬头看着她：“她让她女儿撕烂了我们的书，她还一点儿歉意也没有。”有那么一瞬间，他认为提到书籍会引起老师的同情。

可惜事与愿违。卡尔小姐只是瞪了他一眼，又问：“你干了什么？”

埃德蒙并不认为重点在他做了什么：“我们都讨厌她。她没有能力照顾我们。”

老师一动不动地站着。当她开口说话时，嘴巴几乎没有动：“你喜不喜欢你的养母无关紧要。你们今晚就回去，然后道歉。”她又深吸了一口气，“你知道你已经惹了多大的麻烦吗？”她挺直了身子，“不会再有第三个寄宿家庭了。向格里菲斯太太道歉，然后这件事就算过去了。”

这时，教堂的门被推开，迎来今天的第一名演员，是和威廉一起扮演牧羊人的同学。马上就到演出时间了，卡尔小姐对着心乱如麻的三兄妹扬了扬眉毛：“把鞋穿上。”

先前，参加演出，或者说单就演出这件事来说，三兄妹都觉得很无聊，但现在，他们只想尽量拖延回利文斯顿巷的时间。三人开始装扮起来。

穿戏服的时候，一个小天使的翅膀散开了。两个牧羊人正拿着棍子玩闹，被卡尔小姐分开。纸王冠上的珠宝——其实是彩绘的鹅卵石——已经脱胶了，不一会儿，圣坛上就到处散落着智者的红绿宝石。尽管发生了这些小意外，村民们还是蜂拥而至，他们围着围巾，热情地祝愿彼此圣诞快乐。

由撤离学生排演的《耶稣诞生》剧开始了。

一切都进展得很顺利。舞台上的布景还算稳固，埃德蒙几乎一直都在台上，在摇篮上方晃着星星。摇篮里躺着一个婴儿，那是某个教区村民主动借给他们演出的孩子。他感觉很糟糕，但他不知道哪一件事最糟糕，是他又让他们三个陷入了麻烦，还是他脸上的红痕，抑或是他的脑袋痛得快裂开了。他打了个喷嚏，试图捂住嘴，结果手中挂着星星的吊杆落下砸在了约瑟夫的头上。教堂里传来一阵笑声，好在埃德蒙又拾起了星星，约瑟夫也表示他并无大碍。

威廉的表演时间也很长，可他扮演的牧羊人可以说是有史以来最漫不经心的牧羊人了。当威廉步履艰难地和他的同伴走上舞台时，他的心思并不在演出上。他看见埃德蒙差点儿失手把约瑟夫砸扁，但即便如此，他也只是暂时忘却了那些烦心事。一想到还要回到格里菲斯太太家，他就丝毫没有庆祝圣诞的心思。

安娜尽力与其他天使一样，在台上轻快地飞来飞去，但即使她完成得非常自然，她的心思也不在表演上。要是我没有为那些书大惊小怪，埃德蒙就不会生气了，她想。一想到书，她就想到了穆勒太太。《爱花的牛》被毁了，她感到十分内疚。她唱着颂歌《我们在高处听到天使的呼唤》，尽力表现出天使的勇敢无畏。

三位智者隆重登场，一边走过过道，一边唱着《我们三个国王》。手里拿着金子和乳香的两位智者，歌声令人沉醉。手拿没药的那位智者五音不全，但他靠音量弥补了缺陷。埃德蒙在练习时一直被提醒要把星星高高地举起来，但是因为高烧，疲倦的他不记得这回事，任由星星垂了下去。

终于把这出伟大的戏剧演完了。由撤离学生组成的临时唱诗班也离开了教堂，他们一边高唱着《马槽圣婴》，一边沿着过道一路走到教堂的后面。当听到“祝福所有亲爱的孩子们”时，安娜的心猛地被揪住了。她走到教堂后面，眼泪顺着脸颊流下来。身边的同学仍在演唱，但她没有再唱下去。

手拿星星的埃德蒙是最后一个退场的。他跟着前面的演员来到洗衣室，这里要举办一个小型的庆功宴。埃德蒙眼前一亮，终于可以吃点儿东西了。

三兄妹到的时候，托盘里的圣诞饼干已经快要被扮演马厩动物的演员们吃光了，好在安娜和埃德蒙一人抢到了一块，可怜的威廉只能凑合着吃饼干渣。从前一天晚上开始，他们就没吃过东西。三人细细地嚼起了饼干。

当兄妹三人舔掉手指上最后一点儿饼干渣时，他们看到一张熟悉的面孔穿过“牛群”和“羊群”向他们走来。穆勒太太找了个借口离开了观众席，绕过其他村民，来到孩子们跟前：“演得真不错！所有人都很棒！你们真是好样的！”

三个人的脸上都挂着苍白的笑容。

“非常感谢您，穆勒太太。”威廉回答道，“圣诞快乐。”

“也祝你们圣诞快乐。”穆勒太太回应道。但当她注意到他们脸上的表情时，她的声音渐渐弱了下去。她走近了一步：“发生什么事了，孩子们？”

没什么，我们很好，谢谢关心。威廉想这样回答，但他知道他们看起来并不好。

“我感冒了，头很疼。”埃德蒙喃喃地说。

“那可真糟糕。”穆勒太太低声说，“但是感冒不会在你的脸上留下这么大的红印。发生什么事了？”当她伸手去触摸他的脸颊时，埃德蒙不由得向后退了一步。

安娜眨了眨眼睛，看了看哥哥们，又看了看穆勒太太，最后又看向哥哥们。她想编个故事来解释这个红印，但她实在想不出：“格里菲斯太太扇了埃德蒙一巴掌。”

埃德蒙艰难地咽了一口唾沫。穆勒太太再次伸出手来，用手指抚他的脸颊。这次他没有躲开。

“我们能和您一起回家吗？”说出这句话时，连安娜自己都感到惊讶。

威廉把一只手放在妹妹的肩膀上：“嗯……安娜只是在为埃德蒙的事生气，穆勒太太。我们不——”

“你们当然会为埃德蒙的事生气。”穆勒太太低声说。她俯下身来，半蹲在安娜面前：“你们当然可以和我一起回家。”

兄弟俩看着安娜泪流满面。他们看着穆勒太太抱起安娜，让她伏在自己的肩膀上哭泣。他们知道因为今晚是特殊的日子，所以一切才这样顺理成章。兄弟俩如释重负。

威廉飞快地瞥了一眼弟弟，然后与穆勒太太含泪的目光相遇："谢谢您。"

"是的，谢谢，穆勒太太。"埃德蒙附和道，然后打了个喷嚏。

"上帝保佑你，埃德蒙。"穆勒太太说，"不用谢我。我有预感，你们的处境并不乐观。我早就应该鼓起勇气这么做了，不该害怕被人说三道四，也不该自以为是。我总是以为，你们跟别人在一起好过跟我在一起。"

埃德蒙和威廉垂下了头。安娜哭得太久了，呼吸有点儿颤抖："格里菲斯太太的女儿们把我们的书撕坏了。"

穆勒太太拂去安娜脸上的一缕头发："她们为什么要这么做？"

"为了佩蒂。"安娜回答。

"上厕所用。"埃德蒙解释说。

"天哪，太可怕了。"穆勒太太说，"那可是你们从家里带过来的书，意义非凡。"

"不止那些，穆勒太太。"安娜继续说，"还有一本书是属于您的，我是说，是图书馆的。"

"亲爱的安娜。"穆勒太太捧起安娜的脸，柔声说道，"我不希望你纠结于我是否会生气。"

安娜又颤悠悠地叹了一口气。

“被撕烂的是《爱花的牛》。”埃德蒙说。

“嗯……”穆勒太太低哼了一声，“真是可惜了。但你们不用担心，好吗？”她环顾四周，发现洗衣室里已经没有其他人了，“我想应该和你们的老师说一声，今晚你们和我一起走，对吗？”

孩子们点点头。穆勒太太站起身，拉着安娜的手，把三兄妹带回了教堂。卡尔小姐正在打扫圣坛。直到埃德蒙打了个喷嚏，她才注意到他们。

“上帝保佑你，埃德蒙。”穆勒太太低声说。

卡尔小姐转过身来：“好了，孩子们，回到你们的住处去。不要再胡闹了，知道吗？”

穆勒太太领着孩子们走上圣坛的台阶，伸出手来：“想必你就是卡尔小姐？我是诺拉·穆勒。安娜、埃德蒙和威廉不会再回格里菲斯太太家了。”她的声音听起来有点儿哽咽，“他们会和我一起回家。”

卡尔小姐虽不太情愿，但还是握住了穆勒太太递来的手。她张开嘴想说话，但被埃德蒙响亮的喷嚏声打断了。穆勒太太从大衣口袋里取出一块叠得整整齐齐的手帕递给他，又抬起一只手放在埃德蒙的后脖颈上。埃德蒙擦了擦流着鼻涕的鼻子。

卡尔小姐又看向穆勒太太：“感谢你的关心，穆勒太太，也感谢你的好意，不过，孩子们现在的寄宿家庭是最适合他们的选择。”

埃德蒙能感觉到穆勒太太放在他脖子上的手在颤抖。

“我很清楚，我的情况不适合收养孩子。”她说，“我也很清楚原因，也许比任何人都清楚。”

“是的，嗯……”卡尔小姐犹豫了一下，“我没有……没有和其他人在背后议论过，但我确实理解，我也听说过，大家是有一些……顾虑……”

“确实。”穆勒太太好像突然长高了几英寸，“正如你所说，我非常理解诺顿太太的顾虑，但我认为目前最大的顾虑是，”穆勒太太一直在强调“顾虑”二字，“实际上，这几个月来，这三个孩子一直没有被好好照顾过。我打算照顾他们。你不用顾虑太多。”三兄妹从来没有见过这样据理力争的穆勒太太。这样的转变出乎他们的意料。

和高大的穆勒太太比起来，卡尔小姐则显得缩小了一圈。“好吧。”她动摇了，“我才发现，孩子们的确缺少关爱。”

穆勒太太的态度稍微缓和了一点儿：“我知道，卡尔小姐，你肩负着一项艰巨的任务，要监管这么多孩子。在这种情况下，我不能因为难以避免的疏漏而责怪你。既然事实已经摆在你面前，我希望你能及时纠正错误。我的家很小，但我可以向你保证，孩子们能得到很好的照顾。”

眼看天色越来越暗，快到宵禁时间了。卡尔小姐必须早些回去，况且穆勒太太的态度非常坚决。“那好吧。”她微微一笑，“嗯，穆勒太太，非常感谢你的提议。”她扬起眉毛，“我得告诉你这三个家伙可不好管，不过你似乎已经知道你在做什么。”

听到这话，三兄妹都很生气。埃德蒙又忍不住想打喷嚏，但他尽量屏住呼吸，不想引起更多的关注。

卡尔小姐指了指埃德蒙：“这个特别自以为是，他以为他自己是庄园主呢。”

穆勒太太似乎被气笑了，这种扭曲的表情并不常见。“你说的‘这个’，我猜你是指埃德蒙。”她把仍在流鼻涕的埃德蒙揽到自己身边，“坦白说，卡尔小姐，我倒希望我们都可以多多少少学一学埃德蒙的生活态度。”

埃德蒙从没听过这样的赞美，当穆勒太太转头对着他们三个说话时，他仍旧目瞪口呆地盯着她。“你们三个都需要喝点儿热的。那么，事情就这样定了，卡尔小姐？”卡尔小姐什么也没说，穆勒太太敷衍地笑了笑：“那么，圣诞快乐。”她转过身来，催促着孩子们走出过道。

“真是个可怕的女人。”她低声说。

埃德蒙忍不住咧嘴一笑。

穆勒太太在教堂紧闭的大门前停下脚步，深冬的严寒从门缝中渗进来，仿佛要将他们吞噬。她对孩子们说道：“从这里到我家有将近一英里的路程。你们坚持得住吗？”

“可以的，太太。我们扛得住。”威廉说。

穆勒太太深深地看了他一眼：“我想，你已经承担了太多，远超你的责任。”她把外套上靠近脖子的第一颗扣子扣紧，“我来背着安娜。很快我们就能回到温暖的家里去了。”

说着，四人走进漆黑的冬夜。穆勒太太的话好似一条温暖的毛毯紧紧地包裹着安娜的心。

第十七章

穆勒太太带着三兄妹在雪地中缓缓前行，冰冷的雨丝给黑夜蒙上了一层朦胧的光泽。没有人开口说话。他们经过了图书馆和村庄广场，而后又经过墓地，这里的“居民”肯定也以我们不知道的方式庆祝了圣诞节。他们继续朝着村子北边的那条小溪走去。这时天已经快黑透了，黑暗带来的压迫感让他们不敢停下脚步。

走过一座小山坡，穆勒太太在一座带院子的石头小屋前停了下来。小屋的边缘垒着一圈摇摇欲坠的石墙，穆勒太太把安娜放到地上，拉开大门的门闩，然后带着孩子们来到前门。“我家很普通。”她把钥匙插进门锁里，推开了门，“但是，总算到了。”

跨过门槛后，一股温暖的气息扑面而来，三兄妹深吸了一口气。穆勒太太打开前厅的灯后，他们被光亮刺得眨了眨眼睛。穆勒太太领着他们走进一间宽敞的厨房，那里有一个几乎和安娜一样高的壁炉，壁炉里的余烬仍散发着微弱的火光。穆勒太太从柴火桶里拿出木柴，把它们扔进壁炉里，捅了两下，然后转向孩子们，像摆放大号的瓷娃娃一样把他们安置在炉边。

“烤烤火吧。”她微微一笑，“把湿衣服脱下来，我去给你们拿些毯子，好吗？”

说完，穆勒太太走进房间另一边的客厅里，留下兄妹三人适应新环境。对于这么小的一座小房子来说，厨房算是相当大了。厨房里有一张长长的木制料理台和一个巨大的瓷制水槽。如果拉开遮光窗帘的话，透过窗户肯定可以看到后院的景色。恍惚中，孩子们好像听到了院子里有鸡在吵闹，但是他们只吃过鸡，没有养过鸡，所以他们并不确定后院里到底是什么情况。在厨房的另一边，一个挂着锅碗瓢盆的架子下面立着一个木制的冰箱。左边的墙上有一个橱柜和一个装满了陶器的大储物柜，那些陶器看上去摇摇欲坠。顶层的架子上挂着厚厚一摞干草药，由于冬天的厨房比较干燥，那些草药几乎要脆得掉渣。厨房中央放着一张铺着厚木板的宽桌子，四周摆了四把与厨房并不搭调的椅子。四个，安娜想，刚刚好。

埃德蒙打了个喷嚏。

“把湿衣服脱掉吧，你们两个。”威廉建议道，他脱下自己的外套，然后把三人的湿衣服搭在厨房的椅子上。

三兄妹坐在炉边脱鞋的时候，穆勒太太拿着羊毛毯子回来了。“快披上。”她说完，逐一把毯子围在孩子们的肩上，“你们三个看起来都快冻僵了。我们是不是应该先吃点儿热乎的？”

“谢谢。”威廉回答道。

穆勒太太从冰箱里取出一瓶牛奶，往铜锅里倒了一大瓶，点燃一个灶眼，接着又走到橱柜前，取出一个装有白糖的小碗和一块用棕色的纸包着的东西。兄妹三人瞪大了眼睛，尽管他们觉得那不会是巧克力。

然而，那确实是巧克力。穆勒太太把糖舀进牛奶里，用刀削下一些巧克力，加进牛奶里。安娜感动得几乎要哭了。穆勒太太继续用木勺搅拌着牛奶：“孩子们，你们今早什么时间离开格里菲斯太太家的？”

“大约九点或十点。”威廉回答。

“那你们早饭后就没吃过东西了？”

威廉犹豫了一下：“事实上，早饭也没吃。”

“哎呀，孩子们。”穆勒太太走到料理台前，从面包盒里取出一大条硬面包，切下三片厚厚的切片，放进烤箱里：“我先给你们弄点儿吃的，再给你们找点儿暖和的睡衣，好吗？”

毯子、炉火、热巧克力牛奶和烤面包，这些足以驱散渗透到骨子里的寒意。威廉把毯子裹得更紧了：“非常感谢您，穆勒太太。”

她注视着兄妹三人：“本来应该去桌边吃的，但今天这种情况，还是待在壁炉旁比较舒服。”

三兄妹围坐在炉火旁，身上裹着厚厚的羊毛毯。他们接过热气腾腾的巧克力牛奶，大口喝起来。因为太过着急，三个人都烫到了舌头。当暖融融的牛奶缓缓流入早已饿瘪的胃中时，他们觉得烫了舌头也值得。穆勒太太端来了热腾腾的吐司，刚抹上去的黄油已经开始融化。孩子们一言不发地埋头吃饭，这一天所经受的寒冷和恐惧正在逐渐消散。

穆勒太太把一切都看在眼里，她站在炉火旁观察了孩子们一会儿，没有说什么。但气氛并不尴尬。也许图书管理员比大多数人更习惯安静。

孩子们吃完了面包，喝光了最后一滴热巧克力牛奶。安娜很想把舌头伸进杯子里面舔掉剩下的牛奶，但好在她还记得要有规矩。安娜确信，只要让她躺在地板上，她马上就可以睡着。埃德蒙似乎也困得要倒下了。

穆勒太太伸手摸了摸他的额头："你烧得很厉害。"

埃德蒙还不太习惯这样的温柔，他躲开了穆勒太太的触摸。"我没事。"他说，但他从里到外都在发抖。

穆勒太太双臂环抱在胸前："我觉得你上床躺着会舒服一些。"埃德蒙抬眼看向穆勒太太，没有再拒绝。"好了，我们上楼吧。"她说。

威廉开始收拾盘子，但穆勒太太阻止了他。"别管那些了。你够累的了。等你们都上楼之后，我会清理干净的。"说完，她向安娜伸出手。指尖传来的温度让安娜的心都被填满了。穆勒太太温柔地牵着安娜走出厨房，哥哥们跟在后面。

厨房的后门外是一条狭窄的走廊，走廊的尽头是一段更为狭窄的楼梯。上了楼，有两间卧室。穆勒太太把孩子们带到一个相对较小的房间里，里面放着一张低矮的单人床，还有一个样式简单的雕花衣柜。她打开柜门，取出一件白色的衣服，递给安娜。安娜展开衣服一看，原来是一件厚厚的法兰绒睡衣。

“这件睡衣本来是给我外甥女的，她住在贝尔法斯特。”穆勒太太解释说，“下个月是她生日，不过我觉得现在你更需要它。”她笑了起来，“大小正合适，是不是？”

安娜紧紧攥着睡衣，轻轻地摇了摇头：“如果这是给您外甥女的，那我不能穿。”

“胡说。”说着，穆勒太太压低了声音，“其实我没有那么在乎我姐姐的女儿。”她坦诚道，“再者，我更应该送她一本书，虽然她不怎么看书。”她停顿了一下，“考虑到她的性格……”

安娜微笑着说：“那谢谢了。”

穆勒太太温柔地摸了摸安娜的下巴。“那么……”她转头看向埃德蒙和威廉，“我想我能给你们俩找到合适的衣服。”她在衣柜下排的架子上翻找起来，兄弟俩可以清楚地看到那是一摞男人的衣服，叠得整整齐齐。最终，穆勒太太找到两件法兰绒格子睡衣。“对你们来说会有点儿大，”她把睡衣递给两兄弟，“但是可以把衣袖、裤腿卷起来。都是马丁的衣服。”

“我们要穿纳粹的睡衣？”埃德蒙说。

他没打算这么直白地说出来，但他生着病，有点儿口不择言。但说实在的，埃德蒙经常口不择言。

威廉屏住了呼吸：“埃德蒙！”

穆勒太太有点儿不知所措：“不太合适，对吗？”她突然低下头去，盯着双手，“我……我也想能找到别的，但是如果不穿这个，那你们就只能裹着床单过夜，或者穿我的睡衣。我也不知道该怎么办。”

埃德蒙快速地想象了一下穿女士睡衣的画面。

他还是选择穿马丁的睡衣。

穆勒太太显然不想再聊这个话题，她领着三兄妹去了楼梯另一边的卧室。距离门口最远的那面墙边摆着一张巨大的床，除了床脚边放着的一条鸽灰色的羊毛毯子，房间里所有的东西都是白色的。床的两边各摆了一张床头桌，桌上都摆放着一盏灯、一个插着冬青木枝条的小花瓶和一摞书。房间里还有一个小壁炉，夹在两扇窗户之间。窗帘是白色的，明快的颜色遮掩了窗外的黑暗。

“好了。”穆勒太太从壁炉上的金属桶里挑出几块木头，熟练地扔进壁炉里，然后在划火石上划着一根火柴，点燃木柴，“我很久没有在这里生火了，但今晚是生火的好时机。换上睡衣吧，我去拿些干净的亚麻床单来。”

威廉环顾四周：“穆勒太太，这不是您的卧室吗？”

她微微一笑：“我待在客房就好。这里对你们三个来说可能有点儿挤，但是我暂时没想到怎么住最合适……”

“其实，这里已经很好了。”威廉说，“我们只是不想占您的房间。”

她对孩子们笑了笑，关上了门。

现在不是谦让的时候。兄妹三人坐在越烧越旺的壁炉旁，换上了干燥的睡衣。威廉俯身帮安娜扣好脖子后面的纽扣。

安娜看向哥哥们，眼睛闪闪发光：“这里才是我想一直待下去的地方。”

“我知道，安娜。”威廉抱紧胳膊，“但今晚我们能待在这儿已经是万幸了，以后的事情先别想了，好吗？”

安娜点点头，她的脸颊被火光烤得通红。

“还有埃德蒙，”威廉转头对弟弟说，“拜托，你知道的，注意言行。”

埃德蒙不想听教训：“我知道，睡衣的事，我不该那么说。但我们心里都是这么想的，不是吗？”

“我没有。”安娜说。

威廉疲惫地叹了口气：“就……你要注意一点儿，有些话能说，有些话不能。”

埃德蒙皱着眉头看着他：“知道了，要好好表现。”

“埃德，拜托……”威廉开始说。

“我知道，威尔。”埃德蒙说，“你不用担心。我不会再搞砸的。”他掀开被子，爬上床，把自己蜷成一团。

这时，穆勒太太回来了。她站在门口，手里捧着一大摞干净的白色亚麻床单、由碎布拼接成的被子、几个暖水瓶。瓶身套着鸽灰色的针织隔热套，没错，和毯子的颜色相同。在这一大堆摇摇欲坠的生活用品上面还放着一本书。穆勒太太把这一堆东西放在梳妆台上，然后转头看向埃德蒙。

“愿上帝保佑你，孩子。”她走到床边，掀开被子，在埃德蒙的脚边塞了一个暖水瓶。她用手掌再次试探他的前额。“要不今晚我们先别换床单了，明天再换吧。”她说，“我不想把你折腾起来，埃德蒙。”

“没错。我是说，谢谢您。”他喃喃地说。

穆勒太太的脸上露出笑容。她又看向威廉和安娜：“没有多余的房间给你们两个住了，否则我不会让你们和病人住在一起的。打地铺也不是个好办法……”她的声音越来越小。

“我们无所谓的。”威廉说，“真的。”

安娜点点头表示同意。无论如何，他们都不想分开。

“那就上床吧。”穆勒太太说，“你们三个。”她走到床的另一边，掀开被子，又塞进去一个暖水瓶。安娜爬到床中间，威廉则躺在了妹妹身旁。穆勒太太替他们三个掖好被子，柔软的布料轻轻拂过他们的脸颊，就连埃德蒙也不再排斥这种轻柔的触感。穆勒太太拿出刚才带进来的书，递给威廉：“你们已经不是要听睡前故事的小宝宝了，但是，如果我不给你们拿点儿书，又怎么算得上是称职的图书管理员呢？”

兄妹三人你看看我，我看看你，都没有说话。看到他们这副样子，穆勒太太以为他们并不喜欢读书这个主意。“老天，你们已经长大了，不愿意听睡前故事了，对吗？”她向后退了一步，“我没有孩子，我还不太懂……”

“不是的。”安娜低声说，“我们还小。”

穆勒太太看着孩子们。

“我们还是小孩子，愿意听故事。”威廉赞同道。

“我们当然还是小孩子。”埃德蒙说，声音沙哑。也许是因为他烧得厉害，也许是因为被感动了。

“好吧。”穆勒太太指了指威廉手中的书，“希望你们喜欢这本书。”

“我们会的。”安娜说。

“那么，晚安了。”穆勒太太低声说。

正当穆勒太太转身离去的时候，三个孩子都有着同样的愿望。只是谁都没想到，竟然是威廉先开的口：“您能读给我们听吗？”

穆勒太太露出了一个他们从未见过的微笑。这笑容里有喜悦，有伤感，还带着一丝感激：“我很乐意。”

兄妹三人伸着脚趾去够暖水瓶。穆勒太太接过书，坐到床脚边的长凳上。她打开第一页，把带图片的那一页侧向孩子们，然后开始读起来。

故事发生在圣诞节的前一晚……

你肯定听过很多睡前故事。你知晓它们的魔力。一则被精心挑选的睡前故事会让你进入向往的梦境。有些是冒险故事，但我们的三兄妹显然已经受够了。有些睡前故事很吓人，让你在入睡前不得不看看床底，以防万一……总之，这样的故事有很多。但今晚的这个故事，和所有的睡前故事都不同。兄妹三人就在穆勒太太的娓娓道来中陷入了梦乡，这不仅仅是一则故事，更代表了一种安慰、温柔、仪式和家的感觉。像一种祈祷，也像一首摇篮曲。它牵引着孩子们进入梦乡，也牵引着他们走向希望。

第十八章

没人知道他们是几点醒来的。昏暗的窗帘将房间封闭在无尽的黑暗之中。威廉先睁开了眼睛。他躺在床上，听着壁炉里偶尔发出的火花爆裂的声响，听着从床的另一边传来的埃德蒙的呼吸声。窗外，寒风呼啸而过，但那风声听起来并没有让人心生厌烦，因为这一回，它终于没有顺着窗户的缝隙吹进卧室。第二个醒来的是安娜。她看到威廉已经醒了，于是把手放到哥哥的手心里。兄妹俩静静地躺在那儿，感受着此刻的平静。埃德蒙仍在呼呼大睡。有一种不同以往的感觉，似乎有什么东西在等待着他们。但未来的日子不再令人害怕，因为一切是那么的美好。

过了好一会儿，威廉才低声说："和昨天早上一点儿也不一样，对吗？"

安娜捏了捏他的手指："嗯。"

"很温暖。"他说。

"嗯。"

"我想，这应该是自十一月以来，我第一次感受到温暖。”

安娜伸了个懒腰。“我也是。”她说。

“还有，自从……记不得是多久以来，第一次喝到了热巧克力。”

“一切都太完美了。”

“还有第一个真真正正的睡前故事。”他低声说，“我是说，由大人读给我们听的故事。”

安娜用胳膊肘撑起上半身，突然想起来：“今天是圣诞节！”

威廉也忘了今天是圣诞节。

“你说，圣诞老人知道我们在哪儿吗？”安娜问。

威廉对妹妹露出一个惆怅的笑容：“我想，昨晚我们已经收到圣诞老人的礼物了。”

安娜有点儿失望，不过也只有一点点。她坐起来，看到了梳妆台上的钟：“十一点半了！不可能！”

威廉也看了一眼钟，然后伸手摇了摇埃德蒙的肩膀：“埃德！快醒醒，十一点半了！”

埃德蒙嘟囔了一声，把被子拉过头顶：“我还难受着呢。”

“今天是圣诞节。”安娜说，“也许圣诞老人找到我们了。”

埃德蒙翻了个身，背对着安娜：“别傻了。”

这时，卧室的门被人轻轻地敲了一下。穆勒太太推门走了进来。“我很高兴看到你们都睡饱了。”她说，“我想，你们现在应该希望听到这句话：祝你们圣诞快乐！”

三兄妹也马上向穆勒太太致以节日的问候。穆勒太太走近埃德蒙，把一只手搭在他的额头上：“你是想继续睡觉，还是想吃点儿早餐？”

埃德蒙权衡了一下是应该先填饱肚子，还是睡个够。但从昨晚到现在已经过去很久了，他的胃早就咕咕叫了：“早餐？”

穆勒太太咧嘴一笑：“你说了算。”说完，她就去了客厅。不一会儿，她又端着装有早餐的木托盘回到卧室。食物的香气诱人极了。

“在这儿吃吗？床上？”威廉惊讶得倒吸了一口气，“穆勒太太，太感谢您了，但是您不用……”

“我明白你想说什么，但我想这么做。”穆勒太太将盘子递给三兄妹。

“但您已经为我们做了这么多。”威廉抬眼看着她，“昨晚您收留了我们，已经……已经做得够多了。”

穆勒太太看了看孩子们，目光最后落在地板上。“你认为我只是出于好心。”她把手指交缠在一起，“事实上，孩子们，已经好几年没人陪我过圣诞节了。我希望今年圣诞节，等我醒来的时候，这个房子里不再只有我一个。所以，是你们三个帮了我，让我觉得我并非完全不合适。”她吸了吸鼻子。埃德蒙和威廉连看都不敢看她一眼。

“好了，别再耽搁了，早餐就要凉了。大家快吃吧。”穆勒太太开始往他们的盘子里放上各种各样的好东西：煎得金黄的香肠、抹好黄油且点缀着醋栗的热面包、煮鸡蛋，以及几杯热奶茶。

“您怎么会有这么多食物？”埃德蒙咬了一大口香肠，显然感冒发烧并没有影响他的食欲，“是配给来的吗？”

“勉强凑出来的。”穆勒太太耸耸肩，“前天我去购物了，买了一个人可以买到的极限。我还在后院里种了菜，如果我能好好利用，还是够吃的，尤其之前只有我一个人。”她垂下目光，“马丁一直想自给自足。我想，在他留下的为数不多的东西中，这个菜园还算有用。你们往外看，就能看到我养的小家伙们了。”

“是鸡吗？”安娜问，“我好像听到了鸡叫声！”

“没错。它们的名字和勃朗特姐妹的一样。还有一只山羊，叫简。你可能会觉得它更像一群大象，因为它总是把菜园里的东西撕得稀烂。我还没给兔子们起名字。”穆勒太太说，“因为它们只是暂时……还活着。”

埃德蒙心下了然，点了点头。他转向安娜，解释道：“她的意思是她早晚会吃了它们。”

“噢。”安娜说，用力咽了一口唾沫。

穆勒太太做了个鬼脸：“真吓人，对吗？”

安娜啜了一小口奶茶：“我们还是不要再谈这件事了。”

他们边吃边聊。似乎有些话穆勒太太憋了很久，就等着有人来聆听。请注意，没有什么不体面的秘密，只是独居生活的琐碎日常。她给三兄妹讲了山羊简的趣事，那头羊曾经把菜园里那根三英尺长的水管吞入腹中。她还介绍了“勃朗特姐妹”的性格：名叫夏洛特的那只鸡爱争风吃醋，艾米丽很挑食，安妮则是个急脾气。三兄妹从没想过原来鸡也有性格。

就这样，穆勒太太一直讲到过晌，三个人都把盘子里的食物消灭干净了。“天哪，我已经唠叨了快一整天了。”穆勒太太说，“轮到你们了。我对你们在伦敦的生活一无所知……跟我说说你们的父母吧。”

啊，威廉想，我都快忘了这回事……我们还没有告诉过任何人。

安娜和埃德蒙突然研究起了穆勒太太家的被子，他们在刻意回避这个话题。

威廉深吸了一口气：“其实，我们家里只有祖母。”

“噢。”穆勒太太眼中隐隐的期待瞬间消失不见，“老天，我非常抱歉，我从没问过……”

“一直以来，家里只有祖母。”威廉说。

“这样啊。”三兄妹仿佛看到穆勒太太在重新审视他们，“对不起，孩子们。跟我说说你们的祖母是个怎样的人吧。”

三兄妹说起祖母的时候，弗雷斯特太太的回应很简单，她只说祖母一定很疼孩子们。格里菲斯太太的反应更为平淡，无论发生什么她都是那副事不关己的姿态。应付她们很容易。但回答穆勒太太显然更难。

“嗯，就是，就是我们的祖母。”威廉磕磕巴巴地说，“我不知道该怎么形容她。”

冷，埃德蒙心想，可以用冷这个字来形容她，不管是从字面意义上，还是从……那个词是什么来着，比喻意义上。

“她叫埃莉诺。”威廉说。

穆勒太太看着他们三个，等着他们接着往下说，最后却发现他们没有再开口的意思。“那好吧。”她把空盘子叠成一摞，“你们三个还要再睡一会儿吗，还是想下楼去舒适角待会儿？”

“舒适角是什么？”埃德蒙问。

“就像客厅，但更自在，我觉得。”说着，她眯起了眼睛，“圣诞老人一般都把礼物放在那里。”

安娜倒抽了一口气：“我就知道他会找到我们的。”

威廉疑惑地看了一眼穆勒太太。

穆勒太太的双眼闪烁着兴奋的光芒：“我相信应该是诗人叶芝先生说过的吧：这个世界充满了魔法，耐心地等待着我们的感官变得更加敏锐。”

埃德蒙用睡衣的袖子擦了擦鼻子：“我们走吧。”

用“舒适角”三个字为这间客厅命名真是再恰当不过了。这里有两把椅子，一张沙发，一个褪色的软凳上面铺着一条针织毯子，还有一个点着火的壁炉。除此之外，还有满屋的书。墙壁边摆满了书架，堆放在地板上的书更多，还有一些书堆放在桌脚边上，或者摞在壁炉和书架之间的空隙里。正如穆勒太太所说，本以为杂乱无章的摆放最后反倒让人感到自在。

窗台上有几根正在燃烧的蜡烛。天花板上垂下来几个罩着灯罩的玻璃灯泡。这里没有圣诞树。当然，过圣诞一般总应该有棵树，但不知道为什么，这里一点儿也不缺圣诞的气氛。穆勒太太在水壶里插了几根冬青树枝，挂上一些并不符合节日主题的装饰物，这勉强也算得上是一棵圣诞树了。

三兄妹走近一瞧，眼睛顿时亮了起来。原来“圣诞树”下面摆着几个礼物，上面早已贴好了小卡片。

送给安娜，来自圣诞老人的礼物：三条白手帕，每条手帕的一角都绣着一小片三叶草。

送给埃德蒙，来自圣诞老人的礼物：一捆用红色麻绳扎起来的、有轻微使用痕迹的彩铅。

送给威廉，来自圣诞老人的礼物：毛里塔尼亚号邮轮[①]的拼图。

这三份礼物旁边还叠放着三本书，虽然是旧书，但保存得很好。书的封面上没有印书名，不过也不需要，孩子们只要看书脊就知道了。

---

① 毛里塔尼亚号邮轮，隶属于英国卡纳德轮船公司，1906年9月下水，参加过第一次世界大战，1934年退役。——译者注。

《基督山伯爵》。

《小公主》。

《百科全书》第四卷。

“这是我们的书。”埃德蒙低声说，“我是说，不是我们的，但是……”

威廉看向穆勒太太，眼神里充满疑惑。不过，显然，一个图书管理员的家里有很多藏书。可她竟然恰好有这三本书？

穆勒太太把一只手放在他的肩膀上。“这就是魔法。”她低声说，推着他去拿礼物。

三兄妹翻阅着这些图书，感觉好似真的被施了魔法。在经历了昨天那样的闹剧之后，这些书竟然又原模原样地回来了。昨天经历的是真实的吗？

埃德蒙打了个喷嚏，打破了安静。

“上帝保佑你，埃德蒙。”穆勒太太说，“你们三个小家伙，还光着脚呢，快到壁炉旁边去。这倒提醒了我……”她顿了顿，走去前厅，回来时手里抱着满满的包裹。这些包裹都用棕色的纸包着，包装外面还用羊毛绳打了结。她给每个孩子都发了两个包裹：一个小一点儿的包裹，晃起来还能听到哗啦啦的声响；还有一个稍大一点儿的包裹，软软的一大包。

威廉咬了咬嘴唇：“我们不能拿，穆勒太太。不能。您已经给了很多了，真的，我们不能再接受任何——”

“别说傻话了。”

小一点儿的包裹里装着薄荷糖，那是一种颜色鲜亮、螺旋形状的薄荷糖，让人看了就心生愉悦。埃德蒙剥开一颗糖果，一下塞进嘴里。那个软乎乎的包裹里则装着一双鸽灰色的袜子。

你可能认为袜子这个礼物非常无聊。如果生活在富裕的时代，这么想没有问题。但对埃德蒙、安娜和威廉来说，袜子足以说明穆勒太太从很早之前就关注着他们了。因为，穆勒太太不可能一夜之间亲手缝制出三双袜子，毕竟世界上没有魔法的存在。

安娜站起身，热情地搂住穆勒太太：“谢谢您。”

不管穆勒太太知不知道，安娜并不只是为那双袜子道谢。

下午三点左右，穆勒太太打开收音机，听着国王的圣诞节讲话。孩子们早就习惯了格里菲斯太太家里没有收音机这件事，所以他们简直不敢相信居然还能听到收音机的广播。

最先开始播放的是国歌《天佑吾王》，在这样黑暗的日子里，这首歌的意义显得尤为重大。国歌放完后，国王开始讲话。他所讲的每一个字眼都仿佛浸过糖霜一般，让人感到无比幸福：

在和平的日子里，圣诞节是家家户户团聚的时刻。无论老少，都享受着快乐的节日气氛，分享着美好的愿景。最重要的是，圣诞节是孩子们的节日。我相信，我们每一个人都在竭尽所能，让我们的孩子能够幸福地度过这一天，无论他们身在何方。

深受触动的穆勒太太用手帕擤了擤鼻子："毫无疑问，孩子们，你们的祖母一定很想听到你们的消息。如果你们想打电话给她，我们可以明天到镇上去。"

威廉犹豫了一下。"我想写封信就可以了。"他说。

穆勒太太点点头："我去给你们拿些纸来。"

三兄妹回到卧室，开始写信。这次是安娜来写。当她检查是否有错别字时，哥哥们也站在她的身后，帮她一起检查。

埃德蒙吸了吸鼻涕："知道吗，你不用把姓氏也写上。你觉得她认识几个也叫安娜，埃德蒙和威廉的孩子？"

安娜耸了耸肩。威廉看着信，叹了口气。

亲爱的柯林斯女士：

圣诞快乐！今天是圣诞夜，我们已经找到了新的寄宿家庭。我们离开了原来的寄宿家庭，在那儿，我们过得并不好。现在，我们和图书管理员穆勒太太生活在一起，一切都很完美。我跟威廉、埃德蒙说过，这里才是我们要寻找的家庭，但他们并不认同我，因为穆勒太太的丈夫可能已经做了纳粹，可我不这样认为。还有，埃德蒙感冒了。祝你和你的姐姐能够度过一个愉快的圣诞节。

你真诚的，

安娜、埃德蒙和威廉·皮尔斯

另：穆勒太太养了一只名叫“简”的山羊。

“安娜。”威廉开口道，“我明白你的想法。真的，我明白的。你想一直待在这里。只是——”

“我知道，威廉。”安娜打断了他，“你不用再解释了。”

“是的，拜托别再说了，威尔。”埃德蒙说。此刻的他内心十分满足，他不想谈论扫兴的话题破坏这个美好的圣诞节。

太阳刚刚落到树梢的位置，三兄妹就开始打哈欠了。按理来说，昨天晚上睡了那么久，他们不应该现在就开始犯困。但这几个月以来，他们一直没有休息好，太需要补充睡眠了。兄妹三人早早地吃完了晚饭——穆勒太太为他们准备了热汤，里面有大块的土豆、胡萝卜、白萝卜和欧洲防风。他们一整天都没有换掉睡衣。

晚上，穆勒太太又给他们讲了一个睡前故事。

是《霍比特人》。

但这一次，是穆勒太太主动给他们讲的。

*　　*　　*

圣诞节后，还有一周左右的时间就到1941年了。这一周，图书馆和学校不再开放，穆勒太太和孩子们都待在家中。穆勒太太在客厅的壁炉旁放了一张折叠桌，威廉和安娜忙着拼穆勒太太送给威廉的拼图。穆勒太太很担心埃德蒙的情况，他已经流了好几天的鼻涕了。她准备了充足的干净手帕，给他倒了无数杯加了蜂蜜的茶。这会儿，埃德蒙在壁炉边打起了瞌睡，穆勒太太贴心地给他盖上了厚厚的毛毯，但埃德蒙却咕哝道："我裹得像个木乃伊。"尽管他嘴上这样说，但在内心深处，他感到非常幸福，因为他鲜少感受过这样的善意。

这里没有人会打搅他们，他们可以尽情地阅读。事实证明，他们一旦翻开书，就停不下来了。穆勒太太的书架上堆满了书，足够他们看一辈子。书架上有一套老旧的《一千零一夜》，其中一卷已经变得松松垮垮的。威廉指着它道："这书好像被浴缸泡过一样。"

穆勒太太放下手中的毛线，抬起头来："嗯……实际上是被泰晤士河水泡过。我是在泰晤士河旁读的那本书。"

"我们去过一次！"安娜叫道。

"只去过一次吗？"穆勒太太问道，"你们在伦敦长大，我想你们应该去过很多回。"

"只去过一次。"安娜说，想起那天下午他们吃了许多苹果太妃糖，"我们的管家柯林斯女士在她休息的时候带我们去过一次。但我们后来再也没去过了。那位祖母不让我们去。”

穆勒太太咯咯地笑了：“那位祖母？”

“我的意思是……我们的祖母。”安娜结结巴巴地说，瞥了一眼她的哥哥们。

穆勒太太歪着头说：“听起来，你们的祖母是个有趣的人。”

“确实。”埃德蒙赞同道。他想，你对真实的情况一无所知。

正值深冬，菜园里几乎没什么活儿干，但必须把冰冷的架子上成熟的菠菜采下来，动物们也需要适当的照料。每天早饭后，穆勒太太都会端着一个盛满饲料的金属盘子去喂那三只挑食的鸡，然后再喂给简一桶，住在菜园后面的兔子们也要分上一桶。动物们忙着进食的时候，穆勒太太便会开始收集前天下的鸡蛋，然后拿上板凳和铁桶挤羊奶。

三兄妹都非常想帮忙，但是穆勒太太不愿让他们在外面挨冻：“外面太冷了，埃德蒙还感冒呢，你们就待在屋子里，烤烤火。”就这样决定了。当穆勒太太在外面干活时，孩子们只好透过厨房的窗户注视着菜园里的动静。

安娜看到了兔笼，想起了在书里读到的那只毛茸茸的小兔子。

“你说，她会亲自动手杀了这些兔子吗？”埃德蒙问。

安娜一下子脸色煞白：“这……”

“我敢肯定她知道怎么宰兔子。”埃德蒙伸长脖子想看看穆勒太太在干什么，“她只能自己干，不是吗？”

“确实。”威廉说。

“你又不能把兔子送到镇上去宰杀，对吧？”埃德蒙吸了吸鼻子，“你觉得她会怎么做？她肯定会用什么东西把兔子敲晕。”

“别说了，埃德蒙。”威廉说。

安娜泛起一阵恶心，不禁皱了皱鼻子。

“或者像拧鸡脖子一样拧断兔子的脖子。”

“别说了，埃德蒙。”安娜恳求道。

“不准再这样吓唬安娜。”威廉警告埃德蒙。说完，他望向窗外的穆勒太太。

“别担心。”埃德蒙说，“我可不想吃兔肉。”他咧嘴一笑，“不过兔肉做的香肠倒是可以尝一尝，味道应该不错。”

安娜从凳子上跳下来，匆匆离开厨房。

第十九章

随着一月的临近，三兄妹突然想到，也许有一天他们必须走出小屋。一天晚上睡觉前，威廉来到穆勒太太身边：“我想我们应该到格里菲斯太太家取回我们的东西。”

穆勒太太似乎看穿了他的心：“我也在想这件事，不过不用你们这些孩子操心。你们不要再回到那里去了。”

威廉看着地板：“没关系。我们可以应付。”

穆勒太太用两根手指抬起他的下巴。“我相信没有什么是你们做不到的，威廉。”她与他对视，“我也相信，你们三个，尤其是你，在过去的几个月里做的比任何人都要多。我希望在我照顾你们期间，你能允许自己休息一下，不再……把所有事都揽在身上。”

那么久以来，威廉一直盼着听到这些话，他不记得自己有什么时候是不想听别人这样对自己说的。他回望着穆勒太太，脸上泛起了红晕。

这对穆勒太太而言似乎已经足够了。她轻轻地捏了捏他的下巴：“那就这么决定了。我明天去拜访格里菲斯太太。”

埃德蒙很高兴不必再见格里菲斯太太，原因显而易见。然而，他有些担心穆勒太太：“您一定要小心，穆勒太太。她是个坏蛋。”

“嗯。你这么说我就明白了。”穆勒太太说着扣上外套的扣子，“我要带把手枪去吗？”

埃德蒙大吃一惊：“您有手枪？”她八成就是用手枪杀死兔子的，他心想。

穆勒太太咧嘴一笑：“我只是打个比喻。”

“我想再问一次，什么是比喻？”安娜道，“我总是忘记。”

“把一件东西比作另一件东西，表达出非字面的意义。”穆勒太太解释说。

安娜的眼睛一眨不眨：“那么……您有手枪吗？”

穆勒太太大笑起来：“我没有，安娜。那你觉得，我到了利文斯顿巷，会不会后悔自己没有手枪？”

安娜露出担心的样子：“但愿不会。”

孩子们那天早上过得和他们来到小屋后的每一个早晨一样。他们继续拼毛里塔尼亚号。他们坐在火炉旁，埋头读书，继续玩已经玩了三天的大富翁游戏。凭借梅菲尔区和公园巷，威廉建立了一个昂贵的房地产帝国。埃德蒙在他的棋子快要走到这一区域的时候建议休息一下。

就在这时穆勒太太回来了，她的脖子上挂着三个防毒面具，手里提着两个箱子，看上去像一头驮骡。“我尽可能地往里面多塞了一些东西。”她说，脸颊红通通的，“我一次只能带这些回来。”她把三兄妹的东西放在门厅里，过去和他们坐在一起，眼眶红红的。

“她对您不友好吗？”安娜问。

“不是的，安娜，那倒没有。嗯……我想是吧，不过我哭不是为了这个。”穆勒太太伸出一只手摸摸安娜的头，“你们三个竟然住在那所房子里，我想想都觉得可怕。”

埃德蒙点点头：“是因为那股味道吗？”

穆勒太太扮了个鬼脸：“那股味道确实不好闻，埃德蒙。但更重要的是，那个地方充斥着悲伤，太可怕了。”她握住安娜的手，“孩子们，你们能原谅我没有早点儿伸出援手吗？”

“您又怎么能知道呢，穆勒太太，”威廉问，“我们什么也没说。”

“你们不必说。我应该注意到的。”

“她有没有找您麻烦，不让您拿走我们的东西？”埃德蒙问。

穆勒太太解开了围巾：“我可以告诉你们，她见到我一点儿也不高兴。看得出来，她是想把你们的东西据为己有。也许就由着她吧，剩下的物品不要去取了。我可以给你们买新的。看那地方的样子，她也不会嫌弃你们的旧东西。”她叹了口气。

她解开外套的扣子，从口袋里掏出一份《每日邮报》。“我在路上的报刊亭买了一份报纸。”她把报纸放在软凳上。头版刊登了一张笼罩在烟雾和火焰中的圣保罗大教堂的照片。

威廉拿起报纸。“他们袭击了圣保罗大教堂？”他低声说。

“没有，我想他们没有。”穆勒太太开始脱外套，“我还没来得及看完整篇报道，但我在报刊亭里粗略看了看。你们看标题：圣保罗大教堂完好无损地屹立在燃烧的城市中。是消防队挽救了那个地方。”

这当然是好消息，但威廉看到了照片中地狱般的场景，看到了“燃烧的城市”这几个字，一阵恐慌攫住了他，他感觉胃里开始翻腾。“嗯……请原谅，我要离开一会儿，我需要……嗯……”他的话音渐渐消失，他飞奔回楼上的卧室。他躺在床上，紧闭着眼睛，不停地深呼吸，试图让自己平静下来。

没过多久，轻轻的敲门声响起。

“威尔？你没事吧？”是埃德蒙。

威廉叹了口气：“我没事，埃德，我很快就下去。”

“我可以进来吗？”

“现在不行，埃德蒙。我马上下去，好吗？给我一秒钟。”

埃德蒙从来不听命令，他打开了门。威廉用胳膊肘撑起身子，眯起眼睛看着弟弟走到床边坐了下来。埃德蒙一句话也没说，只是坐在那儿。威廉发现，埃德蒙一反常态地静静待在那里，其实能给人带来平静。这真是个惊喜。

过了好一会儿，威廉才打破沉默：“看到那张照片，我就慌了。”

“嗯。”埃德蒙喃喃地说。

“我是说，太可怕了。”

“你担心战争。”

“战争当然可怕，但更重要的是，我担心我们三个。有时我觉得自己的肚子像是狠狠挨了一拳……我不知道怎么才能让我们三个一直在一起。”

“但我们现在是在一起啊。”

“我知道。”威廉翻身，侧躺着，“只是……伦敦起了大火，看到那样的情形，恩格索尔先生的计划似乎就显得更有……必要了。”

“嗯……”埃德蒙又哼了一声。他把膝盖缩到胸前，紧紧搂住。

“但选择家庭是件大事，不是吗？一定要选对，这太重要了。”威廉说。

埃德蒙沉默了一会儿：“你怎么知道选得对不对呢？”

威廉摇摇头：“我不知道。我在选择父母方面没有太多经验。”

“你有的，威尔。这么多年来，你一直在为我们选择父母，我是说我们去世的父母。每次安娜让你说点儿什么，你都编个故事出来。你一直都在一点一点地选择。”

威廉盯着弟弟：“你知道那都是我瞎编的？”

“我当然知道。说真的，你说妈妈想当出租车司机，实在是太荒唐了。”

“那你为什么配合？”

埃德蒙耸耸肩：“我不相信，不代表我不喜欢。”

威廉仰面躺在床上：“她认为她的孩子很了不起，能挂起月亮，这一点可不是我编的。”至少我认为自己没有，他在心里这样补充道，但没有大声说出来。

“我知道你没有。”埃德蒙小声说，他想了很久才开口道，“也许你就是知道的。”

威廉眯起眼睛看着他：“什么意思？”

“我的意思是，当你找到一个认为你能挂起月亮的妈妈时，也许你就知道自己找对了妈妈。”

威廉笑了：“谢谢你来这里看我。”

“穆勒太太本想来的，但我没让她来。我告诉她，我们俩都很喜欢圣保罗大教堂，因为我们在那里和祖母度过了很多特别的时光。”

“祖母？”威廉不由自主地笑了起来。

“是的。穆勒太太再次提出要带我们去镇上给她打电话，确定她好好的。”

“你真说了‘特别的时光’？”

“我真说了。我觉得这么说很鼓舞人，总比告诉她我们亲爱的老祖母已被埋在六英尺深的地下要好。我告诉她，伦敦的电话可能打不通，所以我们会再给她写封信。”

“你太棒了，埃德，谢谢你解决了这件事。”

“这没什么。也感谢你……解决了……其他所有的事。”

新年过后意味着孩子们要开学，大人也要继续工作了。孩子们不愿离开温暖的石头小屋。

穆勒太太显然也有同感。“也许我应该让你们在家里多待一段时间。”她摸了摸埃德蒙的额头，“不知道你的感冒是不是彻底好了。”

埃德蒙有两天没吸过鼻子了，不过他装着自己还在发烧，想在炉火边多待一天。将近一千页的《基督山伯爵》所剩无几，他真想在闲暇时把最后几页读完。

“他很好，穆勒太太。我们都很好。”威廉说。

穆勒太太双臂环抱在胸前，妥协了：“好吧，至少我们可以一起走到村里。我已经休假这么久了，今天早点儿到也无妨。”

孩子们穿上外套，从穆勒太太的衣橱里拿了帽子和手套，走进了一月寒冷的早晨。他们陪穆勒太太走到图书馆门口，约定在村务大厅吃完午饭后再回来。

在新住处住了一周，三兄妹都觉得神清气爽，那天早上，即使即将见到卡尔小姐，也不能使他们情绪低落。教室里闹哄哄的，大家都在讲他们假期这一周是怎么过的。

脸颊红润的弗朗西丝走近威廉：“妈妈圣诞节来看我了，这是她送给我的。”她抚平了连衣裙上的褶皱，“好看吗？”

埃德蒙非常乐意配合：“是啊，威尔，她看起来怎么样？”

威廉不知说什么好。说“你看起来很漂亮”？这虽然很礼貌，却一定会让弗朗西丝误会。还是说“你看起来和上周一样”？这感觉不友好，就像说“你能不能别来烦我”一样无礼。

安娜救了哥哥：“真漂亮，弗朗西丝。真希望我也有一条那样的裙子。”

孩子们回到位子上坐下来。年纪较小的休突然递给埃德蒙一块巧克力，这让埃德蒙大吃了一惊。休的脸色看上去比去年夏天他们刚来村子时红润多了。“我的养母在圣诞节送给了我一大块巧克力。我一直记得我们到这儿的那天，你把你的巧克力给我吃了，我一直都想回报你。”拆开包装纸，埃德蒙发现巧克力的边缘都变软了，还粘着休口袋里的线头。埃德蒙当场就吃了。

“谢谢。”他笑了，牙齿上粘着一道道巧克力的痕迹，

“这下子，回学校也可以忍受了，即使我们的老师是疖子怪卡尔小姐。”

此时，卡尔小姐偏巧就站在他身边瞧着他。

卡尔小姐笑了笑，可这笑容里并没有笑意。她说：“我相信，你们这一周一直都在同一个住处吧？”

埃德蒙脸颊发烫：“是的，女士。”

“很好。还真是无奇不有呢。”她清了清嗓子，“刚才我无意中听到了你最后说的话。你知道疖子[①]是什么吗？”

埃德蒙在座位上陷得更深了。这时，全班都在听他们的对话。

“是的，女士。”

“你能给我们讲讲吗？”

他深吸了一口气：“我想是脓包。”

几个孩子咯咯地笑起来。

“的确。”卡尔小姐说，“那你知不知道，carbuncle这个单词除了表示疖子，还表示一种鲜艳的红宝石？”

真的吗？埃德蒙叹了口气：“我不知道，女士。”

“好吧。”卡尔小姐双手交叉，“我认为这是一个教育你的好机会。今晚，你要完成一项特殊的作业：把我告诉你的carbuncle的释义写五百遍。”

① 疖子的英文carbuncle与卡尔小姐的姓氏Carr相似，孩子们就给她取了“疖子怪”这个绰号。——译者注

埃德蒙倒吸了一口气："五百遍？那要几个小时呢！"

"那无疑会使这个教训令人难忘。"卡尔小姐回答说。

就这样，新的一年拉开了序幕。

那晚，埃德蒙拖来拖去，就是不去写罚抄作业。说实话，他为自己感到羞耻。哥哥不断地扬起眉毛，也没能让他动笔。

"你最好开始吧，埃德，不然要熬到半夜了。"三兄妹收拾餐桌时，威廉说。

"埃德蒙，你为什么要熬到半夜？"穆勒太太问。

"我要写罚抄作业。"埃德蒙垂头丧气地说。

穆勒太太扮了个鬼脸："抄什么？"

"carbuncle这个词的释义。"

"老天。"穆勒太太强忍笑意，"我能想象出你为什么会有这项作业。多少遍？"

"五百遍。"

"天哪，那你要写到半夜了。"她揉了揉他的头发，"要不要我给你做一杯热可可？"

威廉和安娜上床睡觉了，穆勒太太坐在餐桌边织着毛线，陪着埃德蒙罚抄。

"那个女人真的跟你过不去，是吗？"穆勒太太说。

埃德蒙点点头："她从一开始就讨厌我。"愤怒是苦涩的，热可可尝起来却香甜无比。

穆勒太太叹了口气："我非常抱歉，埃德蒙。一个人要是讨厌像你这样可爱的孩子，那他的灵魂一定是最最邪恶的。"

埃德蒙不习惯被人说"可爱"。他想了一会儿，琢磨来琢磨去，发现自己对这个说法没有异议。事实上，他觉得很愉快。"谢谢。"他说。

"我想，在这种情况下，唯一合理的做法就是低调行事。那天晚上，托尔金在《霍比特人》里是怎么说的来着？'假如你住在一条活生生的恶龙附近，就必须时时刻刻保持警惕。'"

埃德蒙笑了："我知道您让我保持低调是对的，我也在努力。我真的有在努力。但我好像又变得高调了。"

穆勒太太端详着他："也许我不该给你出主意。我想，我时常太过低调了，其实没这个必要。"

现在轮到埃德蒙端详穆勒太太了。"您知道，"他说，"您不应该让诺顿太太和她那帮人那样对待您。您没做错什么，您应该让大家知道。您又没有把蛇放到别人的床上。"他咧嘴一笑。

穆勒太太轻声一笑。"我没有。"她停顿了一下，"不过有几个人，我确实很想把蛇放在他们的床上……"

埃德蒙默默地写了好一会儿。唯一的声音是火偶尔发出的咝咝声和穆勒太太的针有节奏的咔嗒声。等他终于写完五百遍的时候，大厅里的钟就快敲响午夜十二点了。他的铅笔早就变钝了。他掰着指关节，向这边伸伸脖子，又向那边伸伸脖子，拿起空杯子，喝光了最后几滴甜甜的饮料。

“谢谢，穆勒太太。”

她拿起杯子，放进洗涤槽里：“我一向都认为，一杯热巧克力能让不愉快的任务变得容易忍受。”

“我指的不仅仅是巧克力。谢谢您陪我。”

“我很乐意。”她说。

她又伸手想弄乱他的头发，但他误解了她的意思，情不自禁地张开双臂想要拥抱她。这本来会是个非常尴尬的时刻，可他们拥抱在一起，感觉是那么和谐。埃德蒙不由得大为惊讶，好像拥抱是非常稀松平常的事。

过了一会儿，他们松开了彼此。埃德蒙抬头对穆勒太太微微一笑。“谢谢您关于恶龙的建议。”他忍住了哈欠，“我会尽量保持低调。”

“没错。”她说，“而我会尽量不那么低调。”

第二十章

二月一个天色阴郁的星期五，穆勒太太和孩子们在图书馆的炉火旁看书，比平常晚了些才回家。他们把外套挂好，穆勒太太捡起一封从门上的信件投递口送进来的信。看到邮戳，她有些奇怪："我在瑞士谁也不认识。"她打开信封，拿出了信，三兄妹则去厨房摆餐具准备吃晚饭。

孩子们洗了手，开始从架子上拿出盘子。突然，穆勒太太发出了一声轻轻的哭声，把三个人都吓了一跳。

他们转过身来，看到她的脸色变得苍白如纸。"对不起，孩子们。"她说，把信扔在桌上，上了楼。

孩子们面面相觑。

"你们说她是不是病了？"安娜最先开口。

威廉摇摇头。

埃德蒙抓起信。

"埃德蒙！"威廉小声说，"你不应该偷看别人的——"

埃德蒙脸上的表情使他住了口。

“他死了。”埃德蒙说，“她的丈夫马丁死了。”他把信递给威廉。

威廉接过信，默默地扫了一眼。他们三个人站在那里，为穆勒太太感到难过。

“我上去。”威廉说。

“你上去做什么？”埃德蒙问。

“我不知道……也许告诉她我们很遗憾。”

“我们都该去。”埃德蒙说。

“也许她不想让我们所有人都上去。”

“她可能不愿意。”埃德蒙耸耸肩，“但也可能很愿意。”

威廉深深地看了弟弟一眼：“好吧。那我们一起上去。”

“我不知道该对她说什么。”安娜低声说。

威廉看着妹妹：“你想待在楼下吗？”

“不。”

孩子们踮着脚尖走上楼梯。他们来到那间小卧室门口，威廉正要伸手敲门，又改变了主意。“穆勒太太？”他叫道。

“进来吧。”

他们看到穆勒太太坐在床尾。“啊，孩子们。”她的声音很沙哑，“我只是……”

“我们非常遗憾，穆勒太太。”威廉低声说。

穆勒太太抬头看着他们，一种不由自主的颤抖在她那瘦弱的身体上蔓延开来。

“我读了您的信。”埃德蒙坦白道，“我知道我不应该这么做，但它就在那儿，我们——”

安娜打断了哥哥，她没有说话，只是走上前，展开双臂紧紧地抱住了穆勒太太。穆勒太太哽咽着回抱住安娜，整个人都好像陷入了绝望。男孩们什么也没说，只是看着自己的脚，让妹妹传递他们三个人的安慰。安娜也许不知道该怎么说，但她知道该怎么做。

事实证明，这往往更为重要。

似乎过了一个世纪那么久，穆勒太太才放开安娜。她在口袋里搜寻手帕。见她没有找到，安娜便拿出了自己在圣诞节收到的帕子。穆勒太太擦了擦眼睛，又颤抖地吸了一口气：“让你们看到我这样，我非常抱歉，孩子们。”

“我们理解。”威廉低声说，“我们真的理解。”

穆勒太太打量了他们三个好一会儿：“我想你们确实理解，对吗？但这并不意味着你们愿意听我哭诉。我很快就会好的。真的。我马上就下去，然后——”

“不。”埃德蒙说。

穆勒太太看着他。安娜和威廉也望着自己的兄弟。

“我的意思是，”他继续说，“您不用下楼了。我们可以做晚饭……其他需要做的事，也包在我们身上。”

穆勒太太又擦了擦眼睛：“你真是太好了，埃德蒙，不过说真的——”

“求您了。”埃德蒙说，“让我们为您做点儿事吧。”

三兄妹独自在厨房里，才意识到他们其实并不知道如何做一顿像样的晚餐。最后，他们决定吃在平安夜让他们感到安慰的食物：厚黄油吐司和热气腾腾的香甜热巧克力牛奶。穆勒太太的巧克力越来越少了，但今晚似乎不是担心这种事的时候。

安娜把面包切成片：“他死在瑞士了吗？”

“什么？”威廉问。

“瑞士。穆勒太太说信是从瑞士寄来的。”她轻声说。

“啊。”威廉摇摇头，“不是的。这封信是一个姓穆勒的人寄来的，肯定是她丈夫的家人。不过因为正在打仗，不能从德国直接把信寄到这里，一定要经过别的地方转寄，比如瑞士。他们一定是通过那里的某个人把信寄出来的。也许是朋友吧。”

“信上说他是死在柏林的，在去年八月的一场突袭中。”埃德蒙接着说。

安娜在操作台前转过身来：“这太可怕了，但是……这是不是表示我们可以留下来了？”

威廉放下切巧克力的刀：“什么？”

“嗯……”安娜深吸了一口气，她知道自己听起来是多么自私，“我的意思是……现在我们知道不用和他住在一起了，难道我们不能永远留在这里吗？”

埃德蒙哼了一声。说实话，他自己也有同样的想法，但他还没有好好琢磨一番，也就没有说出来。况且，就连埃德蒙也知道这个时候是非常不合适的，由此可见有多么不妥。

“当然，安娜。我们干脆上楼问问她吧？我们就这么说：‘穆勒太太，恭喜您呀。现在用不着担心您丈夫了，您愿意做我们的妈妈吗？’”

威廉看着安娜：“埃德蒙是对的。现在不是最好的时机。”

“我知道。”安娜气哼哼地说，“我只是……”

“再说了，”威廉继续说，“尽管那封信可能会使事情变得不那么……复杂，我们还是要把自己的选择考虑清楚，这一点仍然很重要。”

“我早就想过了，也做了选择。”安娜道，“我很久以前就选好了。”

“我知道。”威廉露出迷人的笑容，“我只是想让大家都确定一下。”

“我很肯定。你们什么时候能确定？”安娜环抱双臂，看看他们中的一个，又看看另一个。

威廉看着埃德蒙，后者避开了他的目光，坚定地盯着那罐巧克力。“埃德说过，当我们找到认为我们能挂月亮的人时，我们就知道了。”

安娜非常满意地笑了。

不顾穆勒太太的抗议，孩子们坚持要在那个周末剩下的时间里照顾她。他们喂家畜，把鸡蛋捡回来。埃德蒙想给山羊挤奶，但穆勒太太最后不得不接手，因为很明显，埃德蒙没有受过训练，只会让可怜的山羊生气和发抖。

穆勒太太几乎一直待在床上，不是看书，就是睡觉，不是睡觉，就是看书。星期天下午，她接受了孩子们的邀请，玩了一场大富翁游戏。安娜泡了茶，他们慢慢品尝，而穆勒太太大杀三方，赢得他们三个都破产了，虽然他们已经很努力地玩了。只有威廉有那么一刻考虑过出于同情故意输给穆勒太太，但他很快发现这既没必要，也无关紧要。

从星期五噩耗传来到现在，穆勒太太给了孩子们第一个发自内心的微笑："你们三个为我做了那么多，想想看，我竟如此厚着脸皮地赢了你们。"

埃德蒙把他那堆少得可怜的钱整理好放在一边："没关系。要是别人故意输给你，你总是能看出来的，那就太没意思了。"

"的确。"穆勒太太点了点头，"非常感谢你们，孩子们。"

"我们很高兴这样做，穆勒太太。"威廉说。

安娜和埃德蒙开始收拾茶杯。

"其实，几年前我就知道失去了马丁……那时候他不再写信来了。"穆勒太太说，"但不知怎么的，现在亲眼看到白纸黑字写得明明白白……这种失去就变得真实起来了。”

威廉点点头。

穆勒太太抽了抽鼻子：“我的意思是，不仅失去了他，还失去了……剩下的一点儿希望，以为他当初失联另有原因。”

威廉又点点头。“我理解。”他说。

她迎着他的目光。“你能理解，对吗，威廉？”她把手放在他的手上，“你这样照顾我，你只有知道我的感受，才会这样做。”她停顿了一下，“对一个只有十二岁的孩子来说，你经历了太多。”

威廉低头看着桌子：“实际上，我十三岁了。”

“我以为你十二岁呢。”穆勒太太皱起了眉头。

“之前是。”威廉微笑着说，“现在我十三岁了。我的生日在上个月。”

穆勒太太猛地站了起来：“那时候你已经和我住在这里了！你为什么不早说呢？”

他耸了耸肩：“您……已经为我们做了这么多，我不想再提更多要求。真的，这并不重要。就算以前在伦敦，我也从来不过——”

穆勒太太的眼中闪动着怒火：“不重要？男孩过十三岁生日不重要？天哪，威廉。”安娜和埃德蒙从厨房回来了。“孩子们，”穆勒太太问，“你们知道你们的哥哥上个月过生日吗？”

安娜咬着下唇："一月十一日。"

"哎呀，威尔。"埃德蒙说，"我真的很抱歉。"

这会儿，威廉对整个事件感到相当内疚："说实话，那时我们才来了一两个星期，一切都是那么混乱，我自己都差点儿忘了。"

穆勒太太双手捧着威廉的脸，亲吻他的头顶。他的脸颊变红了。"快上楼去。"她命令道，"你找点儿愉快的事做，等我和你弟弟妹妹叫你，你再下来。对吗，安娜，埃德蒙？"她停下来，打量着他们，"天哪，你们什么时候过生日？"

"我们两个都是五月的生日。"埃德蒙答。

"很好，这样我们就不会再错过了。"穆勒太太叹了口气，"快上楼。"她重复道，挥挥手，示意威廉朝楼梯走去，"我们要计划一下怎么庆祝。"

威廉又要抗议，但她不肯同意："快去！"

最后，他还是上楼去了。

安娜和埃德蒙一致认为，他们从来没有像准备哥哥迟到的生日派对那样开心过。穆勒太太用手边的材料做了一个奶油海绵蛋糕。她派埃德蒙翻遍抽屉和橱柜，找出他能找到的任何生日蜡烛。穆勒太太告诉安娜，今天可以不必介意纸张配给，安娜就以极大的热情开始装饰。完成了蜡烛任务后，埃德蒙拿起他的彩色铅笔，和安娜一起做装饰。两人很快在桌子上摆满了用铅笔画出来的色彩鲜艳的纸王冠、彩旗和表达衷心生日祝福的卡片。

“这一定是威廉过过的最好的生日。”安娜欢快地说。

穆勒太太看了一眼烤箱里的蛋糕。“但愿不是。”她说，“想想看吧，只用两个钟头筹备的生日派对，还晚了一个月！”

埃德蒙用几条胶带把彩旗固定在厨房的墙上：“不，真的……他会喜欢的。这比我们在伦敦过生日时好多了。”

穆勒太太像往常一样仔细打量着安娜和埃德蒙，就好像她在给他们画肖像，但突然意识到她把颜色全搞错了：“你们祖母不喜欢给你们过生日吗？”

埃德蒙耸耸肩：“是的。”

“嗯。”穆勒太太点了点头，“你们的祖母，真是个性格独特的人。”

“是啊。”埃德蒙叹了口气，“性格独特这个词，用来形容祖母正合适。”

安娜暗地里瞪了他一眼。

穆勒太太又看了一眼蛋糕，就去了菜园。几分钟后，她回来了，脸上闪闪发光。“好了。”她说着从烤箱里拿出蛋糕，用一根小草棍儿试试熟没熟，“熟啦。等会儿晾凉后，就可以撒上糖霜了。孩子们，彩旗真棒。王冠也很完美。干得好，你们两个！”

“谢谢您这么做，穆勒太太。”埃德蒙说，“尤其是您现在……您知道的……”

“现在来庆祝生日正好，这是分散注意力的好办法，再没有更好的了。”穆勒太太说，“我已经沉浸其中了，现在是时候好好干一场了。”

当蛋糕上覆盖了一层松软的淡奶油后，穆勒太太让埃德蒙去接小寿星。他照做了，带着威廉走下楼梯，来到厨房门口。在那里，他用手蒙住哥哥的眼睛，不让他太快看见生日派对现场。

由于从来没有当过小寿星，威廉发现自己处于一种奇怪的状态，既不安，又高兴。不过，当他看到弟弟妹妹那两张闪闪发光的脸时，喜悦很快就占据了上风。他想，他从未见过他们两个这么开心。

穆勒太太搂着他：“生日快乐，威廉。”她又在他的头顶上吻了一下。

威廉突然想到，今天他得到了两个这样的吻，而实际上，从他记事以来，这是他得到过的仅有的两个这样的吻。意识到这一点，他感到胃里一阵绞痛：“谢谢。其实不必——”

“嘘。”穆勒太太说，“你这辈子只有一次十三岁生日。”

“现在看来，是两次吧。”埃德蒙说，“反正我觉得是的。”

接着，大家一起热热闹闹地合唱《生日快乐歌》。威廉站在那里，双手插在裤兜里，左右脚来回切换着重心。

“吹蜡烛，威廉！”安娜尖叫着说。

“先许个愿吧。”埃德蒙说，“你要许个好点儿的愿望。可别许什么没意义的愿望。”

“埃德蒙，在你看来，什么样的愿望才是没意义的呢？”穆勒太太问。

“我确定我不知道，但通常威廉比一般人理智得多，所以我想让他好好考虑考虑。别许愚蠢的愿望，威尔。”

“嗯。”穆勒太太把注意力转向了小寿星。

威廉依次对每个人笑笑，接着深深地吸了一口气，一下子吹灭了所有的蜡烛。

“这意味着你的愿望一定会实现！”安娜高兴地把双手合在一起，“你许了什么愿？”

威廉对妹妹扬起眉毛：“你知道这是不能告诉别人的。”

安娜知道自己的愿望是什么，她希望威廉能像埃德蒙说的那样，许个明智的愿望。

四个人开始吃蛋糕，吃呀吃呀，感觉肚皮都要撑开了。威廉放下盘子，对这次庆祝活动表示衷心的感谢。

“还没完呢。”穆勒太太说，“再闭上眼睛。”威廉照做了。她走进菜园，一会儿就回来了，还弄出了砰砰的碰撞声，接着，她让威廉睁开眼睛。他非常缓慢地把眼睛睁开。

厨房里竟有一辆脚踏车。当然不是新的，毕竟只有两个小时，不可能弄来崭新的脚踏车，但那确确实实是一辆脚踏车。车身大部分是红色的，只有几个地方生锈了，车把中间用鸽灰色毛线系着一个蝴蝶结。

“是一辆脚踏车。”威廉说着，激动得几乎喘不过气来。

穆勒太太笑了：“现在有点儿冷，不过等春天到了，我想你可能会想要一点儿自由。”

威廉用手捋了捋头发。

“我觉得应该很好骑。”穆勒太太继续说，“只要把座位降低一点点就行了……车子是马丁的，不过他个子不高。”

“谢谢您，”威廉说，他的声音变得很轻，“非常感谢。”

“不客气。祝你生日快乐，我不会再错过了！就算以后你们回伦敦了，我也会把你们的生日都记在我的日记本上，还会从远方给你们送上生日祝福！”

威廉使劲吞了吞口水。一个念头进入了他的脑海，甚至可以说是一个愿望，但不知怎么回事，埃德蒙的声音在他的脑海里响了起来。既然您送给我一辆脚踏车，我想知道您是否也愿意做我的妈妈？

“非常感谢您。”他又说。

“为什么不骑上去兜兜风呢？”穆勒太太问，“外面还没有完全黑下来，天还是很冷，但穿上外套——”

埃德蒙打断了她：“他不会骑。”

穆勒太太似乎很肯定自己听错了："你说什么？"

"他不会骑车。是吧，威尔？"埃德蒙并不是想让哥哥难堪，尤其是在他的生日派对上。他只是在陈述事实而已。

威廉不好意思地咧嘴一笑："我不会。"

"你不会骑脚踏车？"穆勒太太问。

"不会。"威廉答，"我们都不会。"他看着埃德蒙和安娜，"你们俩也应该骑着试试。"

"太好了！"埃德蒙说。

安娜歪着头，瞧着这辆很大的脚踏车，保留了自己的意见。

穆勒太太还没有接受刚刚得知的事实："为什么？"

威廉耸耸肩："我不知道。我想，当时……当时……还不是时候。"

"不是时候？小孩子学骑脚踏车还分时候？"她依次望着他们，"你们的祖母从来没有……"沉默笼罩下来，弥漫在彩旗之间。

"她没有。"埃德蒙答。

穆勒太太吞了吞口水："好吧。现在是你们大家去学的时候了。"她抓起外套，把脚踏车推到外面的院子里。孩子们穿上自己的外套，跟了出去。

夜幕渐渐降临，小屋周围的岩石地形不太适合作为训练场地，所以在威廉摇摇晃晃地骑着脚踏车的时候，埃德蒙就跟在边上跑着，扶着脚踏车，直到威廉加快速度把他甩在后面。安娜和穆勒太太一起站在前院，每次威廉骑着脚踏车不倒，她们就欢呼雀跃，每次他倒了，她们就连忙捂住眼睛。第一次尝试时，威廉一只手的手掌划破了皮，第二次则擦伤了膝盖，可就连疼痛都变得美好了。冰冷的风吹在他的脸上，散发着干净而狂野的气息，观众们欢快的呼喊几乎被他自己怦怦的心跳淹没了。那感觉就像在飞翔。

那晚四人吃饱了海绵蛋糕，便没有吃别的晚餐，只是围坐在炉火边喝茶。

“谢谢您，穆勒太太。”威廉说，“这是我度过的最棒的生日。”

她迎着他的目光：“不必客气。”她清了清嗓子，“我觉得是时候你们三个都叫我诺拉了。”

第二十一章

春天开始从冰冻大地的裂缝中蔓延而出，穆勒太太几个月不曾到户外活动，她拿出这期间积攒的全部精力迎接春季的到来，孩子们则不由自主地被她对园艺的热情所吸引。她很高兴有他们帮忙。二月末有几天天气晴好，要趁这个大好时机耙好苗床、翻土。到了阴天，他们就整理种子，制订计划，打算利用上园子里每一块肥沃的土地。

就在清点要种植的豌豆的时候，埃德蒙突然想出了一个宏伟计划，要让穆勒太太重新进入乡村社交圈。

“我们应该在学校种菜。”

威廉侧身看着弟弟：“真是太阳打西边出来了，你居然乐意花更多时间在学校里？”

埃德蒙叹了口气：“我不想花更多的时间在学校，但这个办法挺不错的，可以……我不知道……可以让您多交些朋友，对不对，穆勒太太？”

“叫我诺拉。”

“好的，诺拉。”

安娜很快也加入了进来："这是为了胜利而挖土！学校侧门旁边有块地方阳光很充足，我想现在那里除了土，长不出什么东西。"

"土不是长出来的。"埃德蒙说。

"我知道土不是长出来的。"安娜翻了翻白眼，"这就是问题所在，不是吗？你不觉得这是个好主意吗，威廉？"

威廉朝穆勒太太瞥了一眼："我认为，这是不是一个好主意，我说了不算。"

穆勒太太把毛线放在腿上，抬头看着孩子们。他们惊讶地看到她的眼睛闪着泪光。

"啊。"埃德蒙说，"对不起，诺拉……我不是那个意思……我不应该说那句交朋友的话。我只是想说——"

穆勒太太伸出手抚摸着他的头顶："我哭，不是因为你伤害了我的感情，埃德蒙。恰恰相反。我很感动，你想出了这么聪明的计划，要把我带回这个世界。"

埃德蒙咧嘴一笑："那么，你认为这是个好主意了？"

"确实如此。就算不是为了我，也对村里有好处。我准备了许多种子，要是能种在学校附近，多结出来的蔬菜也许对你们的格里菲斯太太这样的人很有用。"

埃德蒙有点儿生气："她才不是我们的格里菲斯太太。"

"是的，"穆勒太太说，"她当然不是。但你知道我的意思。"

威廉现在充满了热情："那沃伦太太在她丈夫……在她……你知道……不得不离开之前，一起住的那对老夫妇呢？"

"老实说，孩子们，我认为这是一个了不起的主意。"穆勒太太说，"我想，你们需要得到村委会的许可，至少也要得到学校的准许。"

埃德蒙扬起眉毛："不是我们，诺拉。是你。这才是重点，不是吗？也许这样才能提醒人们你很……合适？"

"非得这样说吗，埃德蒙？"安娜说。

穆勒太太只是笑了笑："谢谢你，埃德蒙，谢谢你这么说，你真好。"

"我的意思是，你不仅仅是合适而已，诺拉。"埃德蒙道，"你知道，我认为你是个热心的人。只是……你得让村里的其他人也知道。要是你只待在家里，待在图书馆，就不会有人知道。还记得你说过要不那么在意恶龙的存在吗？"安娜和威廉根本不知道埃德蒙是什么意思，但他们还是赞许地点了点头。

穆勒太太向埃德蒙投去了锐利的目光。"那我和你做个交易吧。"她说，"我去村委会。至于你，亲爱的孩子，你去找卡尔小姐。"

埃德蒙吓坏了："卡尔小姐？她讨厌我。"

"正因如此。"穆勒太太的笑容中带着一丝恶作剧的意味，"也许你的'撤离学生胜利菜园'会让她知道你有多么合适。”

计划拟订好了，哪块地种哪种菜也规划完了，产量也估算了，穆勒太太和埃德蒙鼓起勇气去完成各自的任务。毕竟三月很快就要到了，土地是不会等待懒人的。

那个星期四的早上，在三兄妹上学的路上，埃德蒙在脑子里一遍又一遍地排练着他打算对卡尔小姐说的话，嘴里也嘟囔着这些话。他真希望穆勒太太没有给他安排这个任务。

“这是你自己惹来的。”看着愁眉苦脸的弟弟，威廉说，“龙的事是你提起来的。那到底是什么意思？”

“《霍比特人》里有句话，说是要提防你周围的恶龙。要是我没提起就好了，现在是我要留意恶龙了。”

事实证明，那天上午，“恶龙”的脾气特别坏。安娜想不起丹麦的首都是哪里，她就很不耐烦。后来，她认为阿尔菲在数学课上发出粗鲁的声音，就罚他用手把板擦拍干净。

后来，当同学们鱼贯出发去吃午饭的时候，埃德蒙有点儿忐忑不安地走近老师。安娜和威廉站在旁边，给予他精神上的支持，但两人都很高兴这项工作被分配给了埃德蒙。

他清了清嗓子：“卡尔小姐？”

老师扭过头看到是他，眉头皱得更紧了。

“我在想，卡尔小姐，能不能……嗯，我们……也就是我、我妹妹和哥哥在想，能不能……”

卡尔小姐叹了口气：“但愿你不是要求更换寄宿家庭，

因为没有剩下的了。就是因为这个原因，诺顿太太才同意你们住在穆勒太太那里。”

“不是的，女士。”埃德蒙说，“没有那样的事。只是我们有个想法，我们可以做一些……我想可以算是一种班级课题吧。”

“班级课题？”卡尔小姐嗤之以鼻，“你对现在的作业不满意吗？”

“不……不是的。”埃德蒙结结巴巴地说，进展不太顺利，“我对目前的作业很满意……我是说……作业很好……不只是好……是很棒。没有更好的作业了……”

“埃德，”威廉小声说，“说正事。”

埃德蒙继续往下说：“诺拉，就是穆勒太太，就是和我们住在一起的那位女士……”

“怎么样？”卡尔小姐轻蔑地看着他。

“她在她家周围种了一片菜地，我们有时会帮她打理。我们想，要是撤离学生能聚在一起，在学校附近开辟一片菜园，就可以把种出来的蔬菜送给我们寄宿家庭的父母，以及村子里其他有需要的人。”

卡尔小姐盯着埃德蒙看了好一会儿，用一种从未有过的眼神细细端详着他：“继续。”

埃德蒙好像听见她叫自己继续说。这有点儿出乎意料。他的大脑飞快地转动着：“女士，这不会加重您的工作，不需要您参加。”

老师的喉咙里挤出了轻轻的笑声："那我真该知足了。"

"是的，女士。"埃德蒙有点儿过于热情地赞同道，"我的意思是……嗯……不知道您的看法怎么样，但穆勒太太可以提供种子和大部分用品，她还愿意给我们提供指导。"

老师额头上的皱纹似乎和缓了一点儿："这件事对你们来说无疑是个惊喜，对我也是一样。"她双手叉腰，"我喜欢你的想法。"

"是吗？真的吗？我的意思是……谢谢。非常感谢。"

老师点了点头："是的。我认为这总体上对战争是有好处的，更具体地说，对我们和村里的关系也是有好处的。但不要操之过急，年轻人。这不是我一个人能决定的。还要看看村委会有什么意见。"

"没错。"埃德蒙说，"我们知道……我的意思是，谢谢您告诉我们，但是穆勒太太会和村里的人谈谈。"

"嗯。那你的任务是找我谈喽？"

"嗯，是的。"

"我明白了。"

这个邪恶老巫婆的脸上露出的是笑容吗？

"好吧。"她说，"假如村委会同意，我确实支持开辟一块撤离学生胜利菜园。事实上，虽然我很欣赏穆勒太太愿意负责，但我可能也会参与进来，亲自动手干脏活累活。"

埃德蒙没有回答。鉴于卡尔小姐对这个想法给出了出乎意料的积极反应，要是说“我其实并不希望你在场”，也太不礼貌了。说“我最不愿意的就是看到你”，就更为粗鲁了。最后，埃德蒙借鉴了哥哥的外交辞令。

“棒极了。”

三兄妹以最快的速度跑向图书馆。

卡尔老师的赞成虽然令人鼓舞，但只是成功了一半。第二天晚上，孩子们急切地等待着去见村委会负责人的穆勒太太。天刚一擦黑，她就回来了，两颊冻得通红。

“他们答应了吗？”威廉问。

穆勒太太脱下外套和围巾，和孩子们一起坐在厨房的炉火旁：“同意了。最后总算同意了。”

“总算？”安娜问。

“嗯。伊芙琳·诺顿立即表示反对，不管伊芙琳·诺顿说什么，人们都听她的。她说她认为我不适合负责这样的项目。”

“她很喜欢‘不适合’这个词。”埃德蒙说。

“的确。”穆勒太太点了点头，“她的亲信们也附和她，担心这会破坏村子的财产。”

埃德蒙气坏了：“但事实恰恰相反！”

穆勒太太笑了：“贝蒂·巴克斯特也是这么说的。”

“贝蒂·巴克斯特是谁？”安娜问。

“她是一名退休教师，显然也很擅长种菜。她滔滔不绝地说了很多，像是只要计划得当，学校的菜地能种出多少蔬菜。”

“这么说，她说服了他们？”威廉问道。

穆勒太太在餐桌旁坐下：“她激发了一场讨论。伊芙林·诺顿一上来就说这要多少支出，还问你们的老师同不同意。我就说你们的卡尔小姐同意了，我也会免费提供种子，种出来的蔬菜还可以送给有需要的人，村委会听了，便觉得可行。”

“所以他们投票了？”威廉问。

穆勒太太点了点头：“七比三。”

埃德蒙对她咧嘴一笑：“七票赞成？”

“七票赞成。”穆勒太太说，“贝蒂·巴克斯特在投票后还拥抱了我。”

埃德蒙皱了皱鼻子：“你想让贝蒂·巴克斯特拥抱你吗？”

穆勒太太咯咯地笑了：“我不能说我一直渴望得到巴克斯特太太的拥抱，埃德蒙，但会议结束后，我们聊了起来，我把马丁的事告诉了她，她突然就拥抱了我，说她很遗憾。”

安娜笑了。埃德蒙的计划会成功的。她早就知道。

就这样，在三月第一个晴朗的星期六，安娜、威廉和埃德蒙，以及大多数其他撤离学生，挥动着铁锹、鹤嘴锄和耙子，开始在教学楼边上翻土。工具是从村里各个寄宿家庭拿来的。几个小时后，脏乱的草地和枯萎的黄杨木都不见了，只剩下黝黑而肥沃的土壤。穆勒太太负责指导大家，还帮着大一点儿的男孩们做比较重的工作，比如挖石头和灌木。安娜和几个较小的孩子跪在地上，把泡过水的豌豆埋进凉爽肥沃的土壤里。埃德蒙和另外几个人一排一排地种下种子，有萝卜、生菜、胡萝卜、甜菜，还有土豆和羽衣甘蓝。

威廉在学校的南墙旁搭建棚架。他跪在潮湿的土壤里，突然看到一双脚出现在他面前时，他只觉得心中一凛。他意识到来人是弗朗西丝。

“嗨。”她歪着头说，“是你弟弟派我来帮你的。”

威廉斜睨了埃德蒙一眼，埃德蒙则高兴地回望他一眼。

“嗯。”威廉清了清嗓子，“你好，弗朗西丝。嗯……也许你可以去棚架另一边，挖几个洞……”他指了指，“就在那边。”

弗朗西丝蹲在威廉身边，在他看来，她靠得太近了。“我能不能留在这里，陪着你工作？”她微笑着说，“这个主意难道不更好吗？”

这是我能想到的最糟糕的主意，威廉心想，简直就是有史以来最糟糕的想法。“嗯……嗯，你知道，弗朗西丝……”

她拿出一把干豌豆：“你知道吗？如果一个女孩在一

个豆荚里找到九粒豌豆，她看到的下一个男孩就是她的丈夫。”

威廉满嘴苦涩。“不知道。”他尖声说。

“这是真的，是我阿姨告诉我的。”弗朗西丝说。

威廉找不到合理的理由躲开。突然想上厕所？他很确定自己最近用过这个借口。

“你就是弗朗西丝吧？”

威廉看到穆勒太太，重重地吁出了一口气。

“是的，女士。”弗朗西丝站起来。

“你真可爱。”穆勒太太说着，不易察觉地朝威廉眨了眨眼，“把这么漂亮的衣服弄脏就太可惜了，是不是？”

“是的，女士。”虽然弗朗西丝很讨厌被从威廉身边拉走，但她很高兴能和一个懂得不要糟蹋衣服的女人在一起。

“你知道我们需要什么吗？”穆勒太太继续说，“我们想找个人画一张菜园平面图。我一看你就觉得你画画很好，弗朗西丝。你愿意吗？”

弗朗西丝点点头，就这样被带走了。穆勒太太回头瞥了威廉一眼，对他笑了笑。

威廉长出了一口气，心想，愿上帝保佑她。

那天下午，孩子们收到了一封信。“是你们祖母寄来的吗？”穆勒太太把信递给威廉。

威廉认出信封上是柯林斯女士工整的笔迹：“是的。”

“孩子们，我希望她一切都好。”穆勒太太说，“你们拿着信去楼上看吧，我去准备晚餐。”

孩子们上了楼，他们趴在大床上，威廉大声地读给弟弟妹妹听。

亲爱的孩子们：

看来你们的上一封信在途中耽搁了不少时间。你们说是在圣诞节晚上写的，可你们的信是随着昨天的邮件一起送来的，已经是二月的最后一天了。我想，战争让很多事都变得混乱，而邮件算不上其中最重要的。

我得说，我不知道你们的新住处怎么样。我无法想象政府会让孩子们和纳粹同情者住在一起。也许你们弄错了？我敢说，我希望是弄错了。无论如何，我完全相信，但凡涉及那个“荒谬计划”，你们几个孩子一定知道什么是对的，什么是错的。

希望你们收到这封信能比我收到你们的信快。有空请再来信。我时常想起你们，并祈祷这段残酷的日子能早日结束，为我们所有人。

爱你们的，

凯姿娅·柯林斯

威廉抬起头，看到安娜在对他得意地笑，他并不感到惊讶。可让他吃惊的是，埃德蒙脸上也露出了得意的笑容。

“她相信我们会知道什么是对的，什么是错的。”埃德蒙说。

威廉看看弟弟，又看看妹妹，一股暖流涌上他的胸膛。“我也是。”他说。

安娜用胳膊搂住他的脖子，紧紧地搂着。

心急的锅永远不会开，心急的胡萝卜永远发不了芽。但几天后，在撤离学生的胜利菜园里，已经可以看到萝卜和羽衣甘蓝冒出了绿芽。嫩芽一露出来，教室里就群情激动。就连卡尔小姐似乎也很理解学生们的心情。那天上午当休第四次要求去菜园看看时，她才叫停。

“休，我知道这太令人兴奋了，但我想萝卜还不能吃。”

“我知道，女士。我甚至都不喜欢吃萝卜。”休说，安娜点头表示理解。“我只是想确定一切都好。”

“休，你可以下课后再去看。现在继续上课吧。”

休叹了口气，继续学习分数。事实证明，对一个九岁的男孩来说，萝卜比分数更有趣。

随着学校菜园的成功，村里人也开始感兴趣了。人们看到歪斜的标志牌上的“撤离学生胜利菜园”手写字，纷纷露出了热情的微笑。

一天早上，安娜正给生菜苗浇水，看到了一张熟悉但不太受欢迎的脸。

“这是什么？”格里菲斯太太问。佩妮、海伦和简从她身后偷偷探出头来。罗伯特坐在婴儿车里，异常安静。

安娜直起了身子。“撤离学生开辟了一块胜利菜园。”她说，她认为从标志牌上就应该看得出来。

格里菲斯太太点了点头，这时，简突然咳嗽起来。安娜看到这个可怜的孩子用她妈妈的裙子擦嘴，不禁心疼起来。

“简听起来不太舒服。”她说。

格里菲斯太太不在意地挥了挥手：“她很好。”

“格里菲斯太太，您丈夫有消息了吗？”

“新年之后就没有了。”格里菲斯太太突然死死盯着自己鞋子上的一个破洞，“据我所知，他还在北非。”

安娜咽了口唾沫，深吸了一口气：“等蔬菜成熟了，我们可以给您送一些过去，格里菲斯太太。”

女人眯起眼睛看着安娜：“你打算收多少钱？”

“不要钱……撤离学生种菜，是为了给收养我们的家庭的。去年秋天，我、埃德蒙和威廉在您那儿住过……”

格里菲斯太太双眼发亮：“没错。”

“希望您能收下。”安娜说，“等收获了，我、威廉和埃德蒙很乐意给您送过去。”

安娜意识到自己真的愿意这样做，这时候，一股喜悦从心底升起。

那个星期的一个下午，埃德蒙正在打理豌豆苗，让它们攀上棚架，他发现自己也需要面对过去。他把一根纤细的绿色卷须绕过一根木条，忽然听到了杰克·弗雷斯特的声音，这声音既像是咆哮，又像是在呜咽。他转身看去。

“谁告诉你可以在我们学校周围乱翻土的？”

“是呀。”西蒙附和道，“谁说你能这么做的？”

埃德蒙集中注意力。“实际上，”他说，“每个人都认为这是一个伟大的想法。”他毫不掩饰自己的得意之情。

西蒙怒视着他：“告诉你哥哥，那天广场上的事，我们还没忘呢。”

埃德蒙咧嘴一笑：“相信我，他也没忘。”

西蒙握紧拳头。“你知道，我们会让他付出代价的。”他说，注视着埃德蒙背后的那块地。

他那威胁的目光并没有被忽视。埃德蒙的拳头也握紧了：“别想破坏这片菜园，不然我会让全村的人都知道是谁干的。”

“好像有人会相信似的。”杰克咆哮道，“你以为你是谁啊？”

埃德蒙低头看看自己，他的鞋子上沾着豌豆地里的泥巴，裤腿上有棕色的泥土斑点，他的指甲里塞满了泥土，变得黑乎乎的。他突然情不自禁地咯咯笑了起来……笑声越来越大……他很久没有这么畅快地开怀大笑了。

“我以为我是谁？”他说，笑得浑身发抖，“要我说，你们俩一直都是对的。我是个肮脏的撤离佬。”

撤离学生的胜利菜园无疑获得了巨大的成功。

一天下午，就连卡尔小姐也这么说，当时她正和穆勒太太一起播种第二茬生菜：“你知道吗，你的菜园大获成功了。”

“我很高兴你这么想。”穆勒太太答，“不过这是孩子们的菜园，真的。这是他们的主意。”

“嗯。”女老师用围裙擦了擦手，“我得说，这完全改变了我对你监护的三个孩子的看法。说实话，在此之前，我觉得他们很难以忍受。尤其是中间的那个，简直是我的眼中钉。”

安娜、埃德蒙和威廉这会儿正在学校角落里打理菠菜地，每个字都听得清清楚楚。埃德蒙听到最后一句话，不禁皱起了眉头。这当然是可以理解的。

穆勒太太用衣袖背面擦了擦额头：“我知道你以前是这么想的，朱迪思，我很高兴你对他们改观了。你知道吗，他们对我很重要。这听起来很可怕，但我几乎对战争心存感激。我无法想象，等他们回到伦敦的祖母身边，没有他们我该怎么办。”

兄妹三人停下了手里除草的活儿，看着彼此。

卡尔小姐用土盖在小小的生菜种子上：“这么说，你不光是在尽自己的责任？”

“正好相反。事实上，他们是最特别的孩子。我很肯定他们能做任何他们下决心要做的事……比如从头到尾读《百科全书》……再比如帮我找回我的生活……”

穆勒太太站起来，伸展了一下身体。

“只要他们愿意，我相信他们可以把月亮挂到天上去。”

第二十二章

真奇怪，她居然说了那句话。

三兄妹沉默了。他们都知道，他们就是知道，就像人们知道黄油是咸的，春天第一个晴朗的日子很温暖，雨水有着怎样的气味。

当然，就是诺拉。老天，当然是她。

安娜真想衷心地说一句“我早就告诉过你们了”，但她没有。为什么要用这样尖锐的情绪来玷污此刻的完美呢？只要知道他们找到了一直在寻找的地方，找到了一直在找的那个人，这就足够了。

但知道他们找到了，与知道如何继续进行后面的事……完全是两码子事。这么多个月过去了，所有他们没有说过的话，突然感觉像是一种背叛。现在到了真要坦白的时候，就连一向嘲弄那个“荒谬计划”、总在最荒唐的时刻戏谑地说“您愿意做我们的妈妈吗？”的埃德蒙，也感觉到了负担。知道有人宠爱自己，那感觉真是说不出的美妙，可现在这种美妙感觉的边缘已经有了污点，因为这意味着他们必须坦白一切。

毫不奇怪，威廉被选为三兄妹的发言人。他知道自己终于找到了那个人，她真心希望他可以卸下自己肩上的责任，但他还是强烈地感觉到这最后一项任务有多沉重。

那天晚上吃晚饭时，他发现每次看安娜，她都会扬起眉毛，期待地看着他。埃德蒙在桌子底下不停地用脚趾踢他。

穆勒太太看着三兄妹的盘子，说："你们今天晚上特别安静。埃德蒙，你一口都没吃呢。你还好吗？"

"我很好，谢谢。"埃德蒙答，又用胳膊肘推了推威廉。

威廉清了清嗓子："诺拉……我们需要……嗯……我是说，我们三个……我、埃德蒙和安娜……我们……我们需要跟你谈谈。"他颤抖着吸了一口气。

穆勒太太把叉子放在盘子上。她感到孩子们的心情很沉重："怎么了，孩子们？"

"没什么。"威廉立即答道，"我是说……我们都很好。只是……"要是说"我们一直对你有隐瞒"，似乎只会把事情搞砸。而"我们的祖母已经去世了"这样的开头，则会让人很不舒服。

他再次开口。"首先，"他说，"我们想让你知道，我们对你这几个月来为我们所做的一切有多感激。不只是让我们住在这里，给我们吃的。远不止这些。你对我们这么好，从来没有人比你对我们更好。"

安娜突然敏锐地意识到这个时刻会变得多么重要。

穆勒太太也有同感，但得出了错误的结论：“是你们祖母叫你们回家吗？”她的脸色变得苍白如纸，“啊……孩子们……我知道这一天会到来的，但没想到这样快……”

“不是的！”威廉喊道，“不是的。”穆勒太太呼出了一口气，但当威廉继续说的时候，她的眼睛里仍然充满了恐慌，“根本不是那么回事。事实上，恰恰相反。”

穆勒太太的脸颊又恢复了一点儿血色。

“我们告诉过你，是祖母把我们养大的。”威廉说，“是的。至少……她是我们的正式监护人。不过事实上，她从来没有真正……怎么说呢……陪伴过我们。”

“嗯，”穆勒太太喃喃地说，“你们从没学过骑脚踏车。”

“没错。”威廉说，“问题是，当我们来到这里，来到这个村庄时，她已经……嗯……她已经……”他又嗫嚅着，咬着下唇，“嗯，你知道……”

埃德蒙再也受不了了。

“我们的祖母去年夏天就去世了，我们被送到这里，是为了寻找一个家，现在我们找到了……”他意识到有两颗豆大的泪珠——只有两颗——不知怎的顺着他的脸颊滚落下来，“那就是你。”

安娜在桌子底下抓住了威廉的手。他们四个人坐在寂静的厨房里。然而，他们谁也不觉得安静，因为咚咚的心跳声在他们耳畔不停回荡。

穆勒太太恍然大悟，不由得目瞪口呆。她把手伸到桌子对面，抓住安娜的另一只手，把她从座位上拉起来，拉进怀里，用一只胳膊搂着她，另一只手伸出去抓住威廉和埃德蒙的手。他们的手指交缠在一起。

“孩子们，”穆勒太太低声说，“你们的意思是，这么久以来，你们并没有祖母？”

孩子们轻轻地摇了摇头。

“你们连一个家人也没有了？”她没有做任何动作来阻止汹涌而出的泪水。

孩子们的头又轻轻地摇了一下。

“一个家人也没有。”穆勒太太说道，同时也在消化着这句话。

“没有。”埃德蒙说，擦去脸颊上的泪水。

“现在你们想留下来？”

三兄妹点了点头。

“你们想留在这里，和我在一起。”

“非常想。”安娜低声说。

“如果你愿意要我们的话。”威廉说。

穆勒太太哽咽一声：“如果我愿意要你们？”

威廉支支吾吾地说：“我知道这要求很过分。毕竟我们有三个人，我相信你只是想让我们暂时住在这里，我也知道我们并不总是那么好管教……”威廉偷偷瞥了弟弟一眼，

“不过，如果你愿意要我们，我们保证，我们所有人都会乖乖听话，自己收拾东西，在菜园里干活，还有——”

“我愿意。”穆勒太太低声说。

所有人都一动不动。

“我愿意。”她又说，“我愿意要你们。”这句话的声音比她预想的要大。听到效果后，她觉得这样更好。

“你愿意？”埃德蒙说。虽然这听起来像个问题，但其实不是。这是一个宣言。是如释重负的叹息。是在低声诉说这世上的伟大奇迹。“你愿意？”

“我当然愿意。”泪水顺着她的脸颊流下，流到了安娜的头发上。“我当然愿意。”她站起来，放下安娜，把埃德蒙和威廉拉过来，热烈地拥抱他们。两个男孩一点儿也不觉得尴尬。

“谢谢你。”威廉把头埋在她的肩膀上小声说。

过了很长时间，穆勒太太才松开他们。她先擦了擦自己的眼睛，又擦了擦孩子们的眼睛。就连埃德蒙也接受了这种最亲密的动作。他们四个又坐回了座位上。

穆勒太太抽泣着：“应该感谢你们的是我，孩子们。我一直都是这样盼望的，我想我这样盼望很久了，几乎是从你们走进图书馆的那一刻起，不过我从不让我的头脑说出我内心的感受。在过去的几个月里，你们几个孩子就像绿洲，出现在我沙漠一般的生活里。我虽然一直都为能拥有绿洲感到高兴，但我一直都知道，或者说自以为知道，总有一天我会回到沙漠中去，只是……”她的声音渐渐低了下去。

“绿洲的说法是比喻。”埃德蒙对安娜解释道。

穆勒太太开心地笑了，他们以前从来没有听她这样笑过：“这确实是个比喻，埃德蒙。”

“什么是比喻？”安娜问。

威廉张开嘴想回答，但埃德蒙打断了他：“她问的是诺拉，不是你。诺拉现在是头儿了。是首领，是顶头上司，是大佬。是妈妈。”

威廉感到一种从未有过的轻松。他知道埃德蒙说得很对，不禁真心感到高兴。

穆勒太太又为安娜解释了比喻的含义。她又用衣袖背面擦了擦眼睛，疑惑地看了孩子们一眼：“那你们一直在给谁写信？你们是真写信了吧，也是寄给一个真人吧？”

“是真的。”安娜说。

威廉点点头：“给我们的老管家柯林斯女士。”

“她真的很老了。”埃德蒙强调道。

“我们应该写信告诉她。”威廉说，“但正式的手续问题，我们得跟恩格索尔先生谈。”

新的信息接踵而至，穆勒太太有些摸不着头脑：“恩格索尔先生是谁？”

“这就是他的主意。他是个律师。”威廉解释道。

“律师？”

“他耳朵里边长着一簇簇头发。”埃德蒙说，想解释得更清楚一些。

“老天，埃德。”威廉笑了。

埃德蒙继续说道：“可是头顶一根头发也没有。”

“这是真的。”安娜证实道。

“确实。”穆勒太太说，好像埃德蒙已经把一切都解释清楚了。

孩子们不由自主地咯咯笑了起来，就像我们突然发现自己摆脱了长期困扰我们灵魂的重担，就会这样笑。

“至于律师的事，还是明天早上再聊吧。”穆勒太太说，她的眼睛仍然睁得大大的，有些茫然，“我看呀，我们就把盘子留在桌上，现在一起去舒适角，好好享受一晚上。”

安娜、埃德蒙和威廉仍然在现实和虚幻之间飘忽不定，感觉像是在梦里，他们都点了点头。

穆勒太太深吸了一口气。

“是时候开始新的故事了。”

威廉、埃德蒙和安娜的推荐书目

现将威廉、埃德蒙和安娜在1940—1941年读过的书籍列明如下，供寻求好故事的爱书之人参考。这些受人喜爱的经典作品在孩子们读过之后，已经重新出版了很多次（我们真幸运！）。

《魔法树》，伊妮德·布莱顿著。

《小公主》，弗朗西斯·霍奇森·伯内特著。

《东方快车谋杀案》，阿加莎·克里斯蒂著。

《巴斯克维尔的猎犬》，阿瑟·柯南·道尔著。

《基督山伯爵》，大仲马著。

《柳林风声》，肯尼斯·格雷厄姆著。

《布兰斯塔姆教授的奇妙冒险》，诺曼·亨特著。

《黄皮童话书》，安德鲁·朗著。

《爱花的牛》，罗曼·里夫著。

《野性的呼唤》，杰克·伦敦著。

《小熊维尼》，艾伦·亚历山大·米尔恩著。

《绿山墙的安妮》，露西·莫德·蒙哥马利著。

《五个孩子和一个怪物》，伊迪斯·内斯比特著。

《霍比特人》，J. R. R. 托尔金著。

《随风而来的玛丽阿姨》，帕梅拉·林登·特拉芙斯著。

至于《百科全书》，假如各位爱书之人真考虑从头到尾读完，我倒是很想听听这样一个了不起的探索是怎样的。据我所知，没有哪一卷是以词条“大力神”开头，以“斜体字”结尾的，但本书中所提到的词条都是真实的，来自威廉在1940年能读到的版本。

致谢

我本人很喜欢阅读致谢辞。我对它们的喜爱几乎超过了正文。然而，我在这里写我自己的致谢辞，我担心自己永远不能胜任这个任务。对那些让本书成功出版的人，我怀有无限的爱和感激。希望你们都能感受到。

在此感谢参加第二次世界大战的伟大一代。无论是在战场上还是在后方，他们的精神和牺牲一直激励着我们。本书的灵感来自C. S. 刘易斯的“纳尼亚传奇”系列，至少是佩文西家到乡下躲避战火的那部分，所以才有了“埃德蒙”这个人物。然而，是真正参与过撤离的人（他们都是真正了不起的人）撰写的回忆录，让那段历史真实地展现在我的眼前。

能成为度假屋出版社大家庭的一员，我感到非常幸运。非常感谢总编辑蕾娜·帕特，以及出色的营销团队：特里·博祖玛托–格林伯格、米歇尔·蒙塔古、艾米莉·玛门、谢丽尔·卢和尼克尔·贝内文托。感谢他们所做的一切，让这本书到达孩子们的手中。

芭芭拉·佩里斯的编辑工作在很多方面给这本书提供了很大的帮助。她对细节有着敏锐的洞察，让人相形见绌，也使人获益良多。非常感谢。

从我看到简·纽兰的作品集的那一刻起，我就一直抱着希望，希望她能为本书绘制封面。我爱上了她对自然赏心悦目的描绘、丰富的色彩，以及她图像中的华丽细节。简，谢谢你把安娜、埃德蒙、威廉和他们的图书馆如此完美地呈现出来。

凯瑟琳·格林，我深爱的经纪人，从一开始就支持这本书。谢谢你，凯西，谢谢你在我的故事中看到了希望，为它找到了完美的归宿，谢谢你在整个过程中善意而清醒的指导和智慧。有你在我身边，我非常非常幸运。

有玛格丽特·弗格森担任编辑一直是一份恩赐。和她一起创作这部小说，绝对是一个梦想成真的过程。她既聪明又善良，而这可谓最难得的结合。她对我的故事投入的心思之多让我常常无以言表。谢谢你，玛格丽特。你温柔的精神照亮了这本书的每一页。

无限感谢那些看过本书最原始手稿的好心人。特别感谢萨莫播下种子，感谢吉尔一路培育它。谢谢丽安娜……除了我自己的孩子，你是最先读这个故事的人，听到你喜欢这个故事，我的心都要歌唱了。感谢其他比较早读过这本书的人，他们体贴入微，分别是温蒂、劳拉、安妮 E.、比尔、本、安妮 A. O.、玛雅、黛布、马克和罗布……谢谢你们坚持不懈地让我把Word文档发给你们看，我知道你们是认真的。

把所有的爱献给我的家人。感谢布布、莎拉、凯特、格雷西、莉比和汉娜。最重要的是，感谢我的父母吉姆和布伦达对我一生的爱和支持，感谢你们让我把这个故事大声读给你们听，这样我才能确定故事听起来还不错。

卢克和奥利维亚，你们是我的奇迹，我真实人生的故事……与你们分享书籍是我生活中的一大乐趣。谢谢和你们在一起的无数神奇的阅读时间。我对你们两个的爱，无法用语言来表达。

感谢马特。谢谢你一直支持我。无论何时，无论何事，无论以何种方式，你那充满爱意的心都是我的世界中心。